MW00963321

洗澡

书名题写　钱锺书

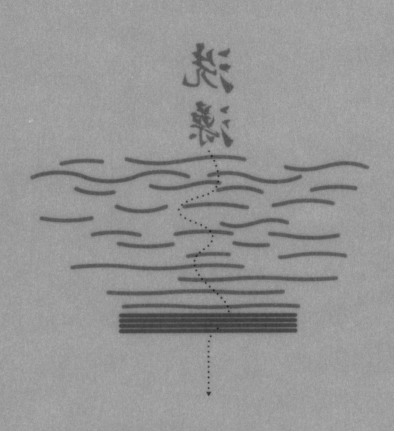

人民文学出版社

杨绛著

图书在版编目（CIP）数据

洗澡/杨绛著. —北京：人民文学出版社，2012
ISBN 978-7-02-009050-1

Ⅰ.①洗… Ⅱ.①杨… Ⅲ.①长篇小说—中国—当代 Ⅳ.①I247.5

中国版本图书馆CIP数据核字（2012）第045163号

责任编辑　胡真才
装帧设计　刘　静
责任印制　苏文强

出版发行　人民文学出版社
社　　址　北京市朝内大街166号
邮政编码　100705
网　　址　http://www.rw-cn.com

印　　刷　北京新华印刷有限公司
经　　销　全国新华书店等

字　　数　175千字
开　　本　640×960毫米　1/16
印　　张　17.25　插页3
印　　数　127001—167000
版　　次　2004年1月北京第1版
印　　次　2015年5月第8次印刷

书　　号　978-7-02-009050-1
定　　价　36.00元

如有印装质量问题，请与本社图书销售中心调换。电话:01065233595

目 次

前言 —— 001

第一部

采葑采菲 —— 001

第二部

如匪浣衣 —— 081

第三部

沧浪之水清兮 —— 199

尾声 —— 267

前　言

这部小说写解放后知识分子第一次经受的思想改造——当时泛称"三反",又称"脱裤子,割尾巴"。这些知识分子耳朵娇嫩,听不惯"脱裤子"的说法,因此改称"洗澡",相当于西洋人所谓"洗脑筋"。

写知识分子改造,就得写出他们改造以前的面貌,否则从何改起呢?凭什么要改呢?改了没有呢?

我曾见一部木刻的线装书,内有插图,上面许多衣冠济楚的人拖着毛茸茸的长尾,杂在人群里。大概肉眼看不见尾巴,所以旁人好像不知不觉。我每想起"脱裤子,割尾巴"运动,就联想到那些插图上好多人拖着的尾巴。假如尾巴只生在知识上或思想上,经过漂洗,该是能够清除的。假如生在人身尾部,那就连着背脊和皮肉呢。洗澡即使用酽酽的碱水,能把尾巴洗掉吗?当众洗澡当然得当众脱衣,尾巴却未必有目共睹。洗掉与否,究竟谁有谁无,都不得而知。

小说里的机构和地名纯属虚构,人物和情节却据实捏塑。我掇拾了惯见的嘴脸、皮毛、爪牙、须发，以至尾巴，但绝不擅用"只此一家，严防顶替"的货色。特此郑重声明。

一九八七年十一月九日

第一部

采葑采菲

第 一 章

　　解放前夕,余楠上了一个不大不小的当——至少余楠认为他是上了胡小姐的当。他们俩究竟谁亏负了谁,旁人很难说。常言道:"清官难断家务事",何况他们俩中间那段不清不楚的糊涂交情呢。

　　余楠有一点难言之苦:他的夫人宛英实在太贤惠了,他凭什么也没有理由和她离婚。他实在也不想离。因为他离开了宛英,生活上诸多不便,简直像吃奶娃娃离开了奶妈。可是世风不古,这个年头儿,还兴得一妻一妾吗!即使兴得,胡小姐又怎肯做妾?即使宛英愿意"大做小",胡小姐也绝不肯相容啊!胡小姐选中他做丈夫,是要他做个由她独占的丈夫。

　　胡小姐当然不是什么"小姐"。她从前的丈夫或是离了,或是死了,反正不止一个。她深知"如花美眷,似水流年",所以要及时找个永久的丈夫,做正式夫人。在她的境地,这并不容易。她已到了"小姐"之称听来不是滋味的年龄。她做夫人,是要以夫人的身份,享有她靠自己的本领和资格所得不到的种种。她的条件并不苛刻，只是很微妙。比如说，她要丈夫对她一片忠诚，依头顺脑，一切听她驾驭。他却不能是草包饭桶，至少，在台面上要摆得出，够得上资格。他又不能是招人钦慕的才子，也不能太年轻，太漂亮，最好是一般女人看不上的。他又得像精明主妇雇用的老妈子，最好身无背累，心无挂牵。胡小姐觉得余楠具备她的各种条件。

胡小姐为当时一位要人（他们称为"老板"）津贴的一个综合性刊物组稿，认识了余楠。余楠留过洋，学贯中西，在一个杂牌大学教课，虽然不是名教授，也还能哄骗学生。他常在报刊尾巴上发表些散文、小品之类，也写写新诗。胡小姐曾请他为"老板"写过两次讲稿。"老板"说余楠稍有才气，旧学底子不深，笔下还通顺。他的特长是快，要什么文章，他摇笔即来。"老板"津贴的刊物后来就由他主编了。他不错失时机，以主编的身份结交了三朋四友，吹吹捧捧，抬高自己的身价。他捧得住饭碗儿，也识得风色，能钻能挤，这几年来有了点儿名气，手里看来也有点积蓄；相貌说不上漂亮，还平平正正，人也不脏不臭；个儿不高，正开始发福，还算得"中等身材"。说老实话，这种男人，胡小姐并不中意。不过难为他一片痴心，又那么老实。他有一次"发乎情"而未能"止乎礼仪"，吃了胡小姐一下清脆的耳光。他下跪求饶，说从此只把她当神仙膜拜。好在神仙可有凡心，倒不比贞烈的女人。胡小姐很宽容地任他亲昵，直到他情不自禁，才推开说："不行，除非咱们正式结婚。"

余楠才四十岁，比胡小姐略长三四年。他结婚早，已有三个孩子。两个儿子已先后考上北平西郊的大学，思想都很进步,除了向家里要钱,和爸爸界线划得很清。女儿十六岁,在上海一个教会女中上学,已经开始社交。宛英是容易打发的。胡小姐和她很亲近,曾多方试探,拿定她只会乖乖地随丈夫摆布,绝不捣乱牵掣,余楠可以心无挂虑地甩脱他的家庭。可是余楠虽然口口声声说要和胡小姐正式结婚,却总拖延着不离婚。胡小姐也只把他捏在手心里,并不催促。反正中选的人已经拿稳了一个,不妨再观望一番。好在余楠有他的特点,不怕给别的女人抢走。

余楠非常精明,从不在女人身上撒漫使钱。胡小姐如果谈起某个馆子有什么可口的名菜,他总说:"叫宛英给你做个尝尝。"宛英得老太太传授一手好烹调,余楠又是个精于品尝的"专家"。他当了刊物的主编,经常在家请客。这比上馆子请客便宜而效益高。他不用掏腰包,可以向"刊物"报销。客人却就此和他有了私交,好像不是"刊物"请客组稿,而是余楠私人请的,并且由他夫人亲手烹调的。胡小姐有时高兴,愿意陪他玩玩,看个电影之类。余楠总涎着脸说:"看戏不如看你。"当然,看戏只能看戏里谈情说爱,远不如依偎着胡小姐诉说衷情。不过,胡小姐偶尔请他看个戏或吃个馆子,他也并不推辞。因为他常为胡小姐修改文章,或代笔写信。胡小姐请他,也只算是应给的报酬。有一次胡小姐请他看戏,散场出来,胡小姐觉得饿了,路过一家高级西菜馆,就要进去吃晚饭。余楠觉得这番该轮到自己做东了,推说多吃了点心,胃里饱闷,吃不下东西。胡小姐说,"我刚听见你肚里咕噜噜地叫呢",一面说,就昂首直入餐馆。余楠少不得跟进去,只是一口咬定肚里作响是有积滞,吃不进东西。他愿意陪坐,只叫一客西菜,让胡小姐独吃。胡小姐点了店里最拿手的好菜;上菜后,还只顾劝余楠也来一份。余楠坚持"干陪",只是看着讲究的餐具,急得身上冒汗;闻着菜肴的香味,馋得口中流涎。幸喜账单未及送到他手里,胡小姐抢去自己付了。胡小姐觉得他攥着两拳头一文不花,活是一毛不拔的"铁公鸡"。听说他屡遭女人白眼,想必有缘故。不过,作为一个丈夫呢,这也不失为美德。他好比俭啬的管家婆,绝不挥霍浪费。反正她早就提出条件,结了婚,财政权归她。余楠一口答应。在他,财政权不过是管理权而已,所有权还是他的,连胡小姐本人也是他的。

时势造英雄,也造成了人间的姻缘。"老板"嘴里说:"长江天险,共产党过不了江。夹江对峙是早经历史证实的必然之势。"可是他脚下明白,早采用了"三十六计"里的"上计"。他行前为胡小姐做好安排,给她的未来丈夫弄到联合国教科文组织的一个主任。这当然是酬报胡小姐的,只为她本人不够资格,所以给她的丈夫。余楠得知这个消息,吞下了定心丸,不复费心营求。他曾想跟一个朋友的亲戚到南美经商,可是那个朋友自己要去,照顾不到他。他又曾央求一个香港朋友为他在香港的大学里谋个教席。那个朋友不客气,说他的英语中国调儿太重,他的普通话乡音太浓,语言不通,怎么教书,还是另作打算吧。他东投西奔,没个出路。如今胡小姐可以带他到巴黎去,他这时不离婚,更待何时!

他对胡小姐说,家事早有安排。他认为乘此时机,离婚不必张扬,不用请什么律师,不用报上登什么启事,不用等法院判定多少赡养费等等,他只要和宛英讲妥,一走了之。胡小姐很讲实际,一切能省即省,她只要求出国前行个正式婚礼。余楠说,婚礼可在亲友家的客堂里举行,所谓"沙龙"结婚。胡小姐不反对"沙龙"结婚,不过一定要请名人主婚,然后出国度蜜月;"沙龙"由她找,名人也由她请。她只提出一个最起码的条件——不是索取聘礼。她要余楠置备一只像样的钻戒,一对白金的结婚戒指。余楠说,钻石小巧的不像样,大了又俗气,况且外国人已不兴得佩戴珍贵首饰,真货存在保险库里,佩戴的只是假货。至于白金戒指,余楠认为不好看,像晦暗的银子,还不如十八K的洋金。

胡小姐并不坚持,她只要一点信物。余楠不慌不忙,从抽屉深处取出一对椭圆形的田黄图章。他蘸上印泥,刻出一个阳文、一个阴文的"愿作鸳鸯不羡仙",对胡小姐指点着读了两遍,摇头晃脑说:

"怎么样?"

胡小姐满面堆笑说:"还是古董吧?"

胡小姐见识过晶莹熟糯的田黄。这两块石头不过光润而已。余楠既不是世家子,又不是收藏家,他的"古董",无非人家赠送他和宛英的结婚礼罢了。即使那两块田黄比黄金还珍贵,借花献佛的小小两块石头,也镇不住胡小姐的神仙心性呀!她满口赞赏,郑重交还余楠叫他好好收藏。她敛去笑容说,还有好多事要办,叫余楠等着吧。她忙忙辞出,临走回头一笑说:

"对了,戒指我也有现成的!"

用现在流行的话,他们俩是"谈崩了"。

胡小姐择夫很有讲究,可是她打的是如意算盘。不,她太讲求实际,打的是并不如意的算盘。她只顾要找个别的女人看不中的"保险丈夫",忘了自己究竟是女人。她看到余楠的小气劲儿,不由得心中大怒。她想:"倒便宜!我就值这么两块石头吗?我迁就又迁就,倒成了'大减价'的货色了!"那个洋官的职位是胡小姐手里的一张王牌,难道除了你余楠,就没人配当了!她现成有她爱恋的人,只为人家的夫人是有名的雌老虎,抱定"占着茅房不拉屎"主义,提出口号:"反正不便宜你,我怎么也不离!"胡小姐只好退而求其次,选中了余楠。多承余楠指点了她"一走了之"的离婚法和"沙龙"结婚法。她意中人的夫人尽管不同意,丈夫乘此时机一走出国,夫人虽然厉害,只怕也没法追去。反正同样不是正式的离、正式的结,何必委曲求全,白便宜你余楠呢!她在敛去笑容,叫余楠"等着吧"的时候,带些咬牙切齿的意味。他害自己白等了一两年,这会儿叫他白等几天也不伤天地。她临走回头说的一句话,实在是冷笑的口吻。她只是拿不稳她那位意中人有没有胆量担着风险,和她私奔出国。所以当时还用笑容遮着脸。

余楠哪里知道。他觉得胡小姐和他一样痴心,不然,为什么定要嫁他呢。

他"痴汉等婆娘"似的痴等着她的消息。不过也没等多久。不出十天,他就收到胡小姐的信,说她已按照他的主意,举行了一个"沙龙"婚礼,正式结婚。信到时,他们新夫妇已飞往巴黎度蜜月。行色匆匆,不及面辞,只一瓣心香,祝余楠伉俪白头偕老,不负他"愿作鸳鸯不羡仙"的心意。

第 二 章

这封信由后门送进厨房,宛英正在厨下安排晚饭。她认得胡小姐的笔迹,而且信封上明写着"南京胡寄"呢。胡小姐到南京去,该是为了她和余楠出国的事吧?宛英当然关心。她把这封信和一卷报刊交给杏娣,叫她送进书房去。她自己照旧和张妈忙着做晚饭的菜。

这餐晚饭余楠简直食而不知其味。他神情失常,呆呆地、机械地进食,话也不说。熏鱼做得太咸些,他也没挑剔。一晚上他只顾翻腾,又唉声叹气。余楠向来睡得死,从没理会到宛英睡得很轻,知道他每次辗转不寐的原因。第二天他默默无言地吃完早饭就出门了。宛英从字纸篓里找出那封撕碎又扭捏成一团的信——信封只撕作两半,信纸撕成了十几片。宛英耐心抚平团皱的碎片,一一拼上,仔细读了两遍。她又找出那一对田黄图章,发现已换了簇新的锦盒。

宛英不禁又记起老太太病中对她说的话:"阿楠是'花'的——不过他拳头捏得紧,真要有啥呢,也不会。"西洋人把女人分作"母亲型"和"娼妓型"。"花"就相当于女人的"娼妓型"。不过中国旧式女人对于男人的"花",比西洋男人对女人的"娼妓型"更为宽容。宛英觉得"知子莫若母"。显然这回又是一场空,证实了老太太所谓"真要有啥呢,也不会"。宛英和余楠是亲上做亲。余楠的母亲和宛英的继母是亲姐妹。宛英和余楠同岁,相差几个月。一个是"楠哥"一个是"英姐"。余老太太只有这个儿子。她看中宛英性情和婉,向妹妹要来做干女儿,准备将来做儿媳妇。宛英小时候经常住在余家,和余老太太一个床上睡,常半懂不懂地说自己是"好妈妈的童养媳妇"。她长大了不肯再这么说,不过她从小就把自己看作余家的人。她和余楠结婚后连生两个儿子,人人称她好福气,她也自以为和楠哥是"天配就的好一对儿"。她初次发现楠哥对年轻女学生的倾倒,初次偷看到他的情书,初次见到他对某些女客人的自吹自卖,谈笑风生,轻飘飘的好像会给自己的谈风刮走,全不像他对家人的惯态,曾气得暗暗流泪。她的胃病就是那个时期得的。她渐渐明白自己无才无貌,配不过这位自命为"仪表堂堂"的才子,料想自己早晚会像她婆婆一样被丈夫遗弃。她听说,她公公是给一个有钱的寡妇骗走的。她不知哪个有钱的女人会骗走余楠,所以经常在侦察等待。假如余楠和她离婚,想必不会像他父亲照顾他母亲那样照顾妻子。

余楠每月给老太太的零用钱还不如一个厨娘的工钱。宛英的月钱只有老太太的一半。宛英曾发愁给丈夫遗弃了怎么办。她想来想去只有一个办法。她可以出去做厨娘,既有工钱,还有油水,不称意可以辞了东家换西家。如果她不爱当厨娘,还可以当细做的娘姨。她在余家不是只相当于"没工钱、白吃饭"的老妈子吗！出去帮人还可以扫扫余楠的面子。不过宛英知道这只是空想，她的娘家和她的子女绝不会答应。

余楠"花"虽"花"，始终没有遗弃她。老太太得病卧床，把日用账簿交给宛英说："这是流水账，你拿去仔细看看，学学。"宛英仔细看了，懂了，也学了。老太太不过是代儿子给自己一份应给的管家费。宛英当然不能坏了老太太的规矩。余楠查账时觉得宛英理家和他妈妈是同一个谱儿。老太太病危，自己觉得不好了，趁神志还清，背着人叫宛英找出她的私蓄说："这是我的私房，你藏着，防防荒，千万别给阿楠知道。"她又当着儿子的面，把房契和一个银行存折交给宛英，对儿子说："你的留学费是从你爹爹给我的钱里提出来的，宛英的首饰，也都贴在里面了。这所房子是用你爹爹给我的钱买的。宛英服侍了我这许多年，我没什么给她，这所房子就留给她了。存折上是你孝敬我的钱，花不完的，就存上；没多少，也留给宛英了。""留给宛英"是万无一失地留在余家，因为余楠究竟是否会"有啥"，老太太也拿不稳。

老太太去世后，宛英很乖觉地把老太太的银行存折交给余楠说："房契由我藏着就是了。钱，还是你管。"余楠不客气地把钱收下说："我替你经管。"其实宛英经常出门上街，对市面很熟，也有她信得过的女友，也有她自己的道路。不过她宁愿及早把存折交给余楠，免得他将来没完没了地算计她那几个钱。

宛英料定余楠这回是要和胡小姐结婚了。据他说，"老板"报酬他一个联合国教科文组织的什么职位。共产党就要来了，他得趁早逃走。尽管他儿子说共产党重视知识分子，叫爸爸别慌,他只说:"我才不上这个当!"不过他说宛英该留在国内照看儿女,他自己呢,非走不可。宛英只劝他带着女儿同走,因为他偏宠女儿,女儿心上也只有爸爸,没有妈妈,从不听妈妈一句话。余楠说,得等他出国以后再设法接女儿,反正家里的生活,他会有安排。宛英明白,余楠的安排都算计在留给宛英的那所房子上。不过,她也不愁,她手里的私房逐渐增长,可以"防防荒"。两个儿子对她比对爸爸好;女儿如不能出国,早晚会出嫁。宛英厌透了厨娘生活,天天熏着油气,熏得面红体胖,看见油腻就反胃,但愿余楠跟着胡小姐快快出洋吧,她只求粗茶淡饭,过个清静日子。

可是老太太的估计究竟不错。胡小姐还是和别人结婚了。宛英的失望简直比余楠还胜几分。这会影响余楠的出国吗?她瞧余楠惶急沮丧的神情,觉得未可乐观。他连日出门,是追寻胡小姐还是去办他自己的事呢?

黄金、美钞、银元日夜猛涨,有关时局的谣言就像春天花丛里的蜜蜂那样闹哄哄的乱。宛英忍耐了几天,干脆问余楠:"楠哥,你都准备好了吗? 要走,该走了。听说共产党已经过江了。"

余楠长叹一声,正色说:"走,没那么容易! 得先和你离了婚才行。你准备和我离婚吗?"

宛英不便回答。

余楠说:"我没知道出洋是个骗局,骗我和你离婚的。"

宛英说:"你别管我,你自己要紧呀!"

余楠说:"可是我能扔了你吗?"

宛英默然。她料想余楠出国的事是没指望的了,那个洋官的职位是"老板"照顾胡小姐的。

她不说废话，只着急说："可是你学校的事已经辞了。南美和香港的事也都扔了。"——余楠对宛英只说人家请他，他不愿去；宛英虽然知道真情，也只顺着他说。

余楠满面义愤，把桌子一拍说：

"有些事是不能做交易的！我讨饭也不能扔了你呀！"他觉得自己问心无愧，确实说了真话。

宛英凝视着余楠，暗暗担忧。她虽然认为自己只是家里的老妈子，她究竟还是个主妇，手下还有杏娣和张妈。如果和楠哥一起讨饭，她怎么伺候他呢？

余楠接着说："共产党来也不怕！咱们趁早把房子卖了，就无产可共。你炒五香花生是拿手，我挎个篮子出去叫卖，小本经营，也不是资本家！再不然，做叫花子讨饭去！"

宛英忽然记起一件事。二三月间，北京有个姓丁的来信邀请余楠到北京工作。余楠当时一心打算出国，把信一扔说："还没讨饭呢！"宛英因为儿子都在北京，她又厌恶上海，曾捡起那封信反复细看，心上不胜惋惜。这时说起"讨饭"，她记起那封信来。她说：

"你记得北京姓丁的那个人写信请你去吗？你好像没有回信。"她迟疑说："现在吃'回头草'，还行吗？——不过，好像过了两三个月了。那时候，北京刚解放不久——那姓丁的是谁呀？"

余楠不耐烦说："丁宝桂是我母校的前辈同学，他只知道我的大名，根本不认识。况且那封信早已扔了，叫我往哪儿寄信呀？"

宛英是余楠所谓"脑袋里空空的",所以什么细事都藏得住。她说她记得信封上印就的是"北平国学专修社"几个红字,上面用墨笔划掉,旁边写的是"鹅鸹子胡同文学研究社"。

余楠知道宛英的记性可靠。他想了一想,灵机一动,笑道:"我打个电报问问。"

他草拟了电报稿子,立刻出去发电报。

宛英拼凑上撕毁的草稿。头上一行涂改得看不清了,下面几行是"……信,谅早达。兹定于下月底摒挡行李,举家北上"。他准是冒充早已写了回信。宛英惊讶自己的丈夫竟是个撒谎精。

电报没有退回,但杳无回音。不到月底,上海已经解放。她越等越着急,余楠却越等越放心,把事情一一办理停当。将近下月底,余楠又发一个电报,说三天后乘哪一趟火车动身。

宛英着急说:"他们不请你了呢?"

余楠说:"他们就该来电或来信阻止我们呀。"

宛英坐在火车上还直不放心。可是到了北京,不但丁先生亲自来接,社里还派了两人同来照料,宿舍里也已留下房子。宛英如在梦中,对楠哥增添了钦佩,同时也增添了几分鄙薄。

第 三 章

　　北京一解放,长年躲在角落里的北平国学专修社面貌大改。原先只是一个冷冷清清的破摊子,设在鹅鹅子胡同"东方晒图厂"大院内东侧一溜平房里。中间的门旁,挂着个"北平国学专修社"的长牌子,半旧不新,白底黑字,字体很秀逸,还是已故社长姚謇的亲笔。这里是办公室和图书室。后边还有空屋,有几间屋里堆放着些旧书,都是姚謇为了照顾随校内迁的同事,重价收购的。姚謇的助手马任之夫妇和三两个专修生住在另几间空屋里。

　　姚謇是一所名牌大学的中文系教授。北平沦陷前夕,学校内迁,姚謇患有严重的心脏病,没去后方。他辞去教职,当了北平国学专修社的社长。这个社也不知是什么时候建立的,好像姚謇辞职前早已存在。反正大院里整片房屋都是姚家的祖产。姚謇当时居住一宅精致的四合院连带一个小小的花园,这还是他的家产。此外,他家仅存的房产只有这个大院了。有人称姚謇为地道的败家子,偌大一份田地房屋,陆陆续续都卖光了。有人说他是地道的书呆子,家产全落在账房手里,三钱不值两钱地出卖,都由账房中饱私肥了。这个大院里的房子抵押给一个企业家做晒图厂,单留下东侧一带房子做"北平国学专修社"的社址。

社里只寥寥几人:社长姚謇,他的助手马任之和马任之的夫人王正,两三个"专修生",还有姚謇请来当顾问的两三位老先生,都是沦陷区伪大学里的中文教师,其中一位就是丁宝桂。社的名义是"专修国学",主要工作是标点并注释古籍;当时注释标点的是《史记》。姚謇不过是挂名的社长,什么也不管。马任之有个"八十老母"在不知哪里的"家乡",经常回乡探亲。王正是大学中文系毕业生,是个足不出户的病包儿,可是事情全由她管。她负责指点那三两个"专修生"的工作,并派他们到各图书馆去"借书"、"查书",或"到书店买书"。至于工作的成绩和进度,并无人过问。顾问先生们每月只领些车马费,每天至多来社半天;来了也不过坐在办公室里喝茶聊天。姚謇也常来聊天。

胜利前夕,姚謇心脏病猝发,倒下就没气了。姚太太是女洋学生的老前辈,弹得一手好钢琴。他们夫妇婚姻美满,只是结婚后足足十五年才生得一个宝贝女儿。姚太太怀孕期间血压陡高,女儿是剖腹生的,虽然母女平安,姚太太的血压始终没有下降。姚謇突然去世,姚太太闻讯立即中风瘫痪了,那是一九四五年夏至前夕的事。他们的女儿姚宓生日小,还不足二十岁,在大学二年级上学。正当第二学期将要大考的时候。她由账房把她家住房作抵押,筹了一笔款子,把母亲送入德国医院抢救,同时为父亲办了丧事。

姚太太从医院出来，虽然知觉已经回复，却半身不遂，口眼歪斜，神志也不像原先灵敏了。大家认为留得性命，已是大幸，最好也只是个长病人了。姚太太北京没有什么亲人，有个庶出的妹妹嫁在天津，家境并不宽裕，和姚家很少来往。姚宓的未婚夫大学毕业，正待出国深造。他主张把病人托付给天津的姨妈照管，姚宓和他结了婚一同出国。可是姚宓不但唾弃这个办法，连未婚夫也唾弃了。她自作主张，重价延请了几位有名的中医大夫，牛黄、犀角、珠粉等昂贵药物不惜工本，还请了最有名的针灸师、按摩师内外兼施，同时诊治。也真是皇天不负苦心人，姚太太神志复原，口眼也差不多正常了，而且渐渐能一瘸一拐下地行走。可是她们家的四合院连小小的花园终究卖掉了，账房已经辞走，家里的用人也先后散去。母女搬进专修社后面的一处空屋去居住。姚宓还在原先的大学里，不当大学生而当了图书馆的一名小职员，薪水补贴家用，雇街坊上一位大娘早来晚归照看病人。好在大院东侧有旁门，出入方便。

这时抗日战争已经胜利，马任之却一去无踪。专修生已走了一个。社长去世后并无人代理，专修社若有若无。王正照旧带领着一两个专修生工作，并派遣他们到各处图书馆和书店去"借书"、"查书"或"买书"。丁宝桂等几位老先生还照常来闲坐聊天，不过车马费不是按月送了。

北京解放后，马任之立即出现了。不仅出现，还出头露面，当了社长。不过这个社不仅仅专修国学了，社里人员研究中外古今的文学，许多是专家和有名的学者。

马任之久闻余楠的大名，并知道他和丁宝桂是先后同学。据丁先生说,这余楠是个神童,没上高中就考取大学,大学毕业就出国留学。马任之对这种天才不大了解,不过听说他没有逃跑,还留在上海。他出于"统战"的原则,不拘一格收罗人才,就托丁宝桂写信邀请。余楠究竟什么时候写了回信,也许王正记得清楚,反正马任之并不追究,丁宝桂自认健忘,还心虚抱歉呢。

那时候社里人才济济。海外归来投奔光明的许彦成和杜丽琳夫妇是英国和美国留学的。在法国居住多年的朱千里是法国文学专家。副社长傅今是俄罗斯文学专家。他的新夫人江滔滔是女作家,著有长篇小说《奔流的心》,不久就要脱稿。还有许多解放区来的文艺干部,还有转业军人,还有大学毕业分配到社里来研究文学的男女毕业生。专修社的人员已经从七八人增至七八十人。

不出半年,专修社的房屋也修葺一新,整片厂房都收来改为研究室和宿舍。马任之夫妇搬出大院,迁入分配给他们的新居。姚太太母女搬到宿舍西尽头的一个独院去住。只有姚謇家藏的书还占着图书室旁边的一大间屋子,因为姚太太母女的新居没地方安放这一屋子书,姚宓只拿走了她有用的一小部分。姚宓已调到文学研究社,专管图书。

"北平国学专修社"的招牌已经卸下,因为全不合用了。社名暂称"文学研究社",不挂牌,因为还未确定名称。

第 四 章

旧国学专修社的办公室已布置成一间很漂亮的会议室。一九四九年十月中旬,文学研究社就在这间会议室举行了成立大会。

大院里停放着一辆辆小汽车,贵宾陆续到会,最后到了一辆最大最新的车,首长都到了,正待正式开会。

余楠打算早些到场,可是他却是到会最迟的一个。他特地做了一套蓝布制服,穿上了左照右照,总觉得不顺眼。恰好他女儿从外边赶回来,看见了大惊小怪说:

"哟,爸爸,你活像猪八戒变的黄胖和尚了!"

余楠生气地说:"和尚穿制服吗?"

宛英说,她熨的新西装挂在衣架上呢,领带也熨了。

余楠发狠说,这套西装太新,他不想穿西装,尤其不要新熨的。

余楠的女儿单名一个"照"字。她已经进了本市的中学,走读。这时她是出了门忙又赶回来的。她解释说:

"我刚出去,看见'标准美人'去开会。她穿的是西装。不识货的看着很朴素,藏蓝的裙子,白色长袖的上衣,披一件毛茸茸的灰色短毛衣,那衣料和剪裁可讲究,可漂亮呢!我忙着回来看看爸爸怎么打扮。"她说完没头没脑地急忙走了。

"标准美人"是回国投奔光明的许彦成夫人杜丽琳,据说她原是什么大学的校花,绰号"标准美人"。她是余照目前最倾慕的人。

余楠听了"黄胖和尚"之称很不乐意。经女儿这么一说,越觉得这套制服不合适,他来不及追问许彦成是否穿西装,忙着换了一套半旧的西服,不及选择合适的领带,匆匆系上一条就赶到会场,只见会场已经人满,各占一席,正待坐下。

中间一条长桌是几张长桌拼成的,铺着白桌布,上面放着热水瓶、茶杯茶碟和烟灰缸。沿墙四面排着一大圈椅子,都坐满了人。长桌四面都坐满了。面南的一排显然是贵宾、领导和首长的位子,还有空座。余楠惶急中看见傅今在这一排的尽头向他招手,把自己的位子让给他,自己坐在最尽头的空椅上。余楠不及推让,感激不尽地随着大众坐下。他看见丁宝桂就在近旁,坐在长桌侧面,下首就是许彦成。他还是平常装束,西装的裤子,对襟的短袄,不中不西,随随便便。"标准美人"披着"嘉宝式"的长发坐在长桌的那一侧面,和许彦成遥遥相对。

社长马任之站起来宣布开会。全室肃然。余楠觉得对面沿墙许多人的目光都射着他,浑身不自在,生怕自己坐错了位子。他伸头看看他这一排上还有什么熟人,只见那位法国文学专家朱千里坐在面南席上那一尽头,也穿着西装。他才放下心来——不仅放了心，也打落了长期怀在肚里的一个鬼胎。看来马任之并没有看破他捣鬼，当初很豪爽地欢迎他，并不是敷衍，而确是把他看作头面人物的。他舒了一口气，一面听社长讲话，一面观看四周的同事。

长桌对面多半是中年的文艺干部，都穿制服。他认识办公室主任范凡，中国现代文学理论专家黄土。年轻人都坐在沿墙椅上，不过他对面的那位女同志年纪不轻了，好像从未见过。她身材高大，也穿西装，紧紧地裹着一身灰蓝色的套服。她两指夹着一支香烟，悠然吐着烟雾。烟雾里只见她那张脸像俊俏的河马。俊，因为嘴巴比例上较河马的小，可是嘴型和鼻子眼睛都像河马，尤其眼睛，而这双眼睛又像林黛玉那样"似嗔非嗔"。也许因为她身躯大，旁边那位女同志侧着身子，好像是挤坐在她的怀抱里。余楠认识这一位是女作家江滔滔，傅今的新夫人，余楠的紧邻。她穿一件蓝底绿花的假丝绒旗袍，涂了两颊火黄胭脂。她确是坐在河马夫人的怀抱里，不是挤的。余楠忽然明白了，河马夫人准是他闻名已久的施妮娜，"南下工作"刚回来。她曾和前丈夫同在苏联，认识傅今。听说江滔滔是她的密友，傅今的婚事是她一手促成的。

马任之约略叙说文学研究社怎样从国学专修社脱胎发展，还有许多空白有待填补，许多问题有待解决。余楠一只耳朵听讲，两只眼睛四处溜达。他曾听丁宝桂说，社里最标致的还数姚小姐，尽管这几年来太辛苦，不像从前那样娇滴滴的了。余楠到图书室去过多次，从没看见标致的小姐，难道姚小姐比"标准美人"还美？他眼光一路扫去。一个女同志眉眼略似他的胡小姐，梳着两根小辫儿，身体很丰满，只管和旁边一个粉面小生式的人交头接耳,一面遮着脸吃吃地笑,一面用肩膀撞旁边的"小生"。难道她是姚小姐吗?那边还有个穿鹅黄色毛衣的年轻姑娘,白白的圆脸,一双亮汪汪的眼睛,余楠认识她是上海分配来的大学毕业生姜敏。两侧椅上挤坐着好些穿制服的。余楠不敢回过头去。他自信美人逃不过他的眼睛,可是他没有看见标致的小姐。

马任之简短地结束了他的开场白。他很实际地说,俗话"麻雀虽小,五脏俱全",这个文学研究社还只是蛋里没有孵出来的麻雀呢。有一位贵宾风趣地插话,说文学研究社是个"鸵鸟蛋",或者可称"凤凰蛋",凤凰就是大鹏鸟。

一位首长在众人笑声中起立,接着"凤凰蛋"谈了他的期望,随即转入正题,说要团结一切可以团结的人,齐心协力,为新中国的文化做出贡献,为全人类做出贡献。他说:知识分子要发挥自己的一技之长,为人民服务;文武两条战线同样重要,而要促使全国人民同心协力,促使全世界人民同心协力,笔杆子比枪杆子的力量更大。

余楠觉得这倒是自己从未想过的,听了大为兴奋,并觉得老共产党员确像人家说的那样,像陈年老酒,味醇而厚。他忘掉了"最标致的小姐",正襟危坐,倾听讲话。

丁宝桂却在伤感。这间会议室是他从前常来喝茶聊天的办公室。姚謇突然倒地,就在这间屋里——就在他目前坐着的地方。那时候姚謇才五十五岁。姚太太和他同岁,看来还很年轻很漂亮呢,现在却成了残废,虽然口眼不复歪斜,半边脸究竟呆木了,手不能弹琴,一只脚也瘸了。姚小姐当年是多么娇贵的小姐呀,却没能上完大学,当了一名图书室的职员,好好一门亲事也吹了。马任之那时候不过是姚謇的助手，连个副社长都不是，现在一跃而当了社长！那时候，他和丁宝桂最谈得投机。丁宝桂常常骂共产党煽动学生闹事罢课。另两位老先生谈到政治都有顾忌，只有马任之和他一吹一唱地骂。丁宝桂听说马任之当了社长，方知他原来是个地下党员，不觉骇然，见了马任之又窘又怕，忍不住埋怨说："任之兄，你太不够朋友了。我说话没遮拦，你也不言语一声，老让我当着和尚骂贼秃。"他说完马上后悔失言，心想糟糕，马任之尽管不拿架子，他究竟是社长了呀，怎么还把他当做姚謇的助手呢！马任之只哈哈大笑说："共产党不怕骂。你有什么意见，尽管直说，别有顾虑。"他还邀请丁宝桂到文学研究社来当研究员。据丁宝桂了解，研究员相当于大学教授呢，他原先不过是个副教授，哪有不乐意的。马任之对他还是老样儿，有时也和他商量事情（例如聘请余楠的事）。丁宝桂渐渐忘了自己原是反共老手，而多少以元老自居了。他的好饭碗是共产党给的，他当然感激。只是想到去世的姚謇和他的寡妇孤儿，不免凄恻。

他看见姚宓坐在沿墙的后排，和王正在一起。几个年轻人可能都是对她有意思的，也坐在近处。她在做记录，正凝神听讲。忽然她眼睛一亮，好像和谁打了一个无线电，立即低头继续写她的笔记。"呀！"丁宝桂别的事糊涂，对这种事却特别灵敏，"姚小姐不是随便给人打'无线电'的女孩子，她给谁打'无线电'呀？"他四顾寻找。坐在面南一排的余楠一脸严肃，他当然看不见后排的人。他旁边的许彦成呆呆地注视着他的"标准美人"。俊俏的河马夫人已经停止抽烟，和女作家仍挤坐在一处。那个粉面"小生"在打瞌睡。他一路看过去,都是他还不知姓名的中青年,看来并没有出色的人物。谁呢?丁宝桂未及侦察出任何线索,首长的讲话已在热烈的掌声中结束,来宾的自由发言也完了。傅今站起来请大家别动,先让来宾退席。他通知全体人员下星期开会谈谈体会。

文学研究社就此正式成立了。

第 五 章

我国有句老话:"写字是'出面宝'。"凭你的字写得怎样,人家就断定你是何等人。在新中国,"发言"是"出面宝"。人家听了你的发言,就断定你是何等人。

傅今召集的会未经精心布置,没有分组,只好仍在会议室举行。许多人济济一堂,彼此相熟的中青年或政治水平较高的干部就不发言了,专听几位专家先生发表高论。负责政治工作的范凡不肯主持这个会,只坐在一隅,洗耳旁听。

傅今坐在长桌面南的正中做主席。他是个广颡高鼻、两耳外招的大高个儿,虽然眼睛小,下巴颏儿也往里缩,他总觉得自己的耳鼻太张扬,个儿也太高,所以常带些伛背,做主席也喜欢坐着。姚宓坐在他对面做记录。她到社较早,记得快,字又写得好,记录照例是她的事。

经过一番冷场,傅今点了余楠的名。余楠显然是早有准备的。他从自己听了首长的讲话如何受到鼓舞谈起,直谈到今后要发挥一技之长,和同志们同心协力,尽量做出贡献。他谈得空洞些,却还全面,而且慷慨激昂,因为他确信自己是爱上了社会主义,好比他确信自己绝不抛弃宛英一样。可惜他乡音太重,许多人听不大懂。那位居住法国多年的朱千里接着谈。他说同意余楠先生的话,接下就谈他几十年寒窗,又谈到他的种种牢骚,海阔天空,不知扯到了哪里去,也不知谈的是什么。许彦成但愿他把时间谈完,自己得以豁免。谁知朱先生忽然咳嗽两声说:"扯得远了,就到这里吧。"大家舒了一口气。许彦成生怕傅今点他的名,只顾低着头。他觉得这种发言像小学生答课题。答得对,像余楠那样,他也觉得不好意思。答得不在点儿上,当然更可笑了。首长的话他不是没有仔细听;他还仔细想过,感慨很多。可是从何说起呢? 在这个会上谈也不是场合。杜丽琳这次开会还是坐在许彦成对面,瞧他低着头不肯开口,就大大方方地接着谈了几点"粗浅的体会",内容和余楠的相仿,只是口齿清楚,层次分明,而且简简短短。大家对这位十足的"资产阶级女性"稍稍刮目相看。许彦成看见傅今眼睛盯着他,对他频频点头,知道逃不过了。可是这一套正确的话又让杜丽琳说过一遍了,他怎么再重复呢?

他平日常在图书室翻书,又常和年轻同事们下棋打球,大家觉得他平易近人,和他比较熟;又因为他爱说笑,以为他一定会"发"一个很妙的"言"。谁知他只蚊子哼哼一般,嗡嗡地自己对自己说了一串话。大家带着好意并好奇,齐声嚷:"听不见!"他急得抬头向着大家,结结巴巴吐出几句怪话来。他说:"人、人、人类从、从有历、历、历史以来,只是互相残、残、残杀,怎么能同、同、同心协、协、协力呢! 谁都觉得自己的理是惟一的真、真、真理……"他说不下去,就把手心当擦脸的毛巾那样在脸上抹了一把。大家都笑起来。

杜丽琳笑着举手,请主席让她插句话。她替彦成说:"所以关键是要有正确的思想,要用马列主义为指针,统一思想,统一行动。"

余楠不示弱,忙也插话说,他们的重要任务是加紧学习马列主义。

施妮娜为了抽烟方便,带着江滔滔坐在长桌侧面。她这时忍耐不住,把她那双似嗔非嗔的眼睛闭了一闭,用低沉哑涩的声音,语重心长地说:

"首先是把屁股挪过来。"

余楠正坐在她近旁。他瞪着她的这个部分,肥鼓鼓地裹在西装裤子里稳稳地坐着。他竟不敢当众重复她用的名词,只好顿口无言。杜丽琳却不知轻重,笑说:

"我们万里迢迢赶回祖国,我们是整个人都投入了。"她忘了自己是一脑袋的资产阶级思想,浑身散发着资产阶级的气息呢。她的话引起会场上一段语言空白,接着是乱哄哄许多议论。傅今立刻掌握了会场,请许先生继续谈。

许彦成如梦初醒,惊跳一下,口吃都停止了,只傻乎乎地说:"忘了——哦,没有了,完了。"接着又赶忙说:"我同意大家的话。"大家又都笑了。

姚宓认真地想了一想,走笔如飞连写了好多行。许彦成不知她记录了什么,只看着她发怔。

经过这段插曲,会场活跃起来,很多人都围绕着刚才的论点阐发一句两句。丁宝桂坐在角落里,本来打定主意不说话的,这时也参加了"大合唱"。

傅今总结了这个会。他要求各研究人员本着首长讲话的精神,拟定自己的工作计划,并把自己前一段的工作写出小结。

杜丽琳随着散会的群众挤出会议室,站在门口等待许彦成,只见他还没出来,正在翻看姚宓的记录;看完后,他很有意思地一笑,把本子还给姚宓。姚宓背门而立,丽琳看不见她的脸,只看见彦成微笑着和姚宓点点头,才随着人流走向门口。

他们俩同回宿舍。丽琳装作不在意,随口问:"记录上把你的话都记上了吗?"

"都记上了。"

丽琳冷眼看着他说:"你好像很满意。"

彦成认真地说:"难为她,记得好极了。"他想着姚宓的记录,的确很满意,并没注意到丽琳的脸色和她的沉默。

丽琳看看左右没有旁人,才叹口气说:"说笑也该看看什么场合。范凡同志坐在一边听着呢,你就为了逗人笑,装起小丑来了。你什么时候学会了说话结结巴巴的呀?"

彦成委屈说:"我要是逗人笑,早不结巴了。小时候我妈妈打我,我就结巴。后来对老师也结巴。我伯父费了不少心思,我自己也下了好大功夫才纠正过来的。我又不是假装。他们笑我,我也没办法呀。"

丽琳也委屈说:"我拉你一把,帮你接上一句,你却当众给我没脸:'忘了!没有了!完了!'"

"是完了呀。我开头说同心协力的重要。接下说,要促使全体人民同心协力,首先要彼此了解,相互同情,团结一致,不能为个人或个体的私利忘了全体的福利;因为一有私心,就看不清是非,分不出好歹,造成有史以来人类的互相残害——当然,这话也只是空话,可是,话没有错呀。"

丽琳睁大了一双美目,诧异说:"这套话,我怎么没听见呀?"

"我声音小了些,也谈得有点乱——可是你又不在听,你在看人。"

"我看人?"丽琳不怒而笑了。"倒说我看人!不知谁只顾看人,连话也不会说了。"

他们已到了家门口。两人都住嘴,免得女佣看见了以为他们吵架。

第 六 章

　　许彦成和杜丽琳结婚五年了。他们同在国外留学，一个在美国，一个却在英国，直到这番回国，才第一次成立家庭。这也许是偶然，也许并非偶然。据说，朋友的友情往往建立在相互误解的基础上。恋爱大概也是如此。

　　杜丽琳家在天津，是大资本家的小姐。她中学毕业后没考上天津的大学，爱面子，补习一年后再次投考，就撇开天津而考进了上海的一个教会大学。她身材高而俏，面貌秀丽，又善于修饰，长于交际，同学送了她一个"标准美人"的称号。据说追求她的人多于孔门弟子七十二。

　　许彦成家也在天津。他是遗腹子，寡母孤儿由伯父赡养；伯父是在天津开业的西医。彦成的寡母是了不起的人物——至少在她自己心目中是如此。因为她是一位举人老爷的小姐，而她听说，守节的寡妇抵得大半个举人。举人当然了不起，该享特权。她父母在世的时候，她是"最小偏怜女"。父母去世后哥嫂把她嫁了个短寿的姑爷，对得起父母和妹妹吗？

他们凡事都让她三分,也是应该呀。至于许家,更不用说了。新郎是"寒金冷水"的命,"伤妻克子",害得新娘子没做妈妈先成了寡妇,许家人凡事当然更让她七分。惟一不纵容她的是自己的不孝之子彦成,一两岁的娃娃时期就忤逆。妈妈要他吃甜的,他偏要吃咸的。甜藕粉糊喂到嘴里,他还不肯咽下去,"噗噗"地喷了妈妈一脸,气得妈妈一巴掌把他从凳上打得滚落在地,还放声大哭。伯母把他捡了去,他竟忘本不要妈妈,专和伯母好。他上小学的时候,放学回家只往伯母屋里跑。做妈妈的说:儿子是她生的,大房有大房的儿女,不该抢她的儿子。彦成上中学,伯父干脆让他寄宿在校,省些口舌。他妈妈寂寞,不知哪里去买了个小丫头来陪伴并伺候自己。彦成中学毕业,小丫头已十七八岁,长得也还不错。彦成的妈妈想叫儿子收了房,好让丫头死心塌地,更要紧的是趁早给她生下个孙子。彦成干脆不回家。他要到大后方去读大学。他妈妈当然死也不放,她认为大后方就是战场。伯父伯母说好说歹,讲定折中办法,让彦成到上海投考大学。他考进了一个有名的教会大学,和杜丽琳恰在一校,并且同在外文系。

杜丽琳比许彦成大一岁而低一班。她是个很要强的学生,十分用功而成绩只在中上之间,一心倾慕有学问的博士。她又像一般教会中学毕业的女学生,能阅读西洋小说,爱慕西洋小说里的男主人公:身材高,肤色深,面貌俊秀,举止潇洒。许彦成虽然不是博士,但他学习成绩出人头地,杜丽琳认为他是博士的料。他虽然衣着不修边幅,在杜丽琳眼里,他很像西洋小说里的主人公。

许彦成有时也注目看看这位"标准美人",觉得她只是画报上的封面女郎,对她并没有多大兴趣。他中学时期,周末怕回家,宁愿在图书室翻书,因而发掘到中外古典文学的宝藏,只可惜书不多。上了大学,图书馆里可读的书可丰富了,够他仔细阅读和浏览欣赏的。他性情开朗,脾气随和,朋友很多,可是没有亲密的朋友,也不交女朋友。这也许因为他有书可读,而且一心追寻着他认为更有意义的东西。

大学三年有一门必修课。那是一个美国哲学家讲授的伦理学。老师十分严厉,给的分数非常紧,学生都怕他。学期终了的大考,大家看做难关,因为不及格就不能毕业。可是许彦成大考前在图书馆看书,竟把考试忘了。等他记起,赶到考场,考试的时间已过了一半。老师生气,不让他考。彦成笑嘻嘻地说,他正在看一本书,思索一个伦理问题,想到牛角尖里去了。他一面说,一面自己动手从老师手里抽了一份考题,擅自到教桌上取了一份考卷,从容坐下,不停笔地写答题。他的笑容软化了老师的严厉。他交卷也不太晚。老师好奇地当场就看了他的考卷。比他后交卷的人告诉他说:"老头子对你的考卷好像很满意。"果然,那位老师不久就找彦成谈话,说他正在写一本有关中国伦理的书,要彦成做他的助手。约定一年后带他同到美国去。

杜丽琳偶见许彦成注目看她,以为是对她有意。彦成从不追求她,她认为这是彦成的自尊,自知是穷学生,不愿高攀有财有貌的出风头小姐。彦成不追求她,在她心目中就比所有追求她的人高出一头。她明显地当众表示她对彦成的仰慕,同学间因此常常起哄,弄得彦成看见她就躲了,越发使丽琳拿定他是看中自己的。她倒是很大方,见了彦成总笑脸相迎。彦成却显得很窘，甚至红了脸。转眼彦成在大学四年级的第一学期将要结束，过了阳历年就大考；再过一学期，彦成毕业就出国了。丽琳还有机会和他亲近吗？

新年一九四四年是闰年。按西洋风俗，每当闰年，女人可向男人求婚。男方如果不答应，得向求婚的女人赠送一套绸子衣料。杜丽琳拿定许彦成是怕羞而骄傲，虽然对她有意也不敢亲近。她凭自己的身份，不妨屈尊向彦成求婚。

那天飘着小雪，丽琳拿了一把大伞到图书馆去找彦成，说有事和他面谈。她叫彦成打着伞，自己勾着他的胳臂，带他走入校园的幽僻处，一面当笑话般告诉他闰年的规矩，然后就向他倾吐衷情。她满以为彦成会喜出望外，如痴如狂。可是许彦成却以为杜丽琳作弄他，苦着脸说："我不会买衣料。"

她笑说："你非买衣料不可吗？"

彦成急得口吃的老毛病几乎复发，结结巴巴说："你你不是说，得送送送……"

她打断了他，干脆说："你非拒绝不可吗？"

彦成那时候正给他妈妈逼得焦头烂额。他家那个小丫头已经跟人逃走，他妈妈自觉丢脸，不再提丫头收房的事。可是她自从知道儿子毕业了要出国，就忙着为他四处求亲，定要他先结了婚，生下个孙子再"远游"。她已求得好几份庚帖，连连来信催促儿子回家挑选一个，因为庚帖不兴得留过年，得在除夕以前退还人家。如果彦成再不答理，她决计亲自赶到上海来。许彦成对妈妈还应付不了，怎禁得半路上又杀出一个程咬金来！他苦着脸把自己的苦经倒核桃似的都倒出来。

丽琳却笑了，认为这都是容易解决的事。她问彦成："你就没跟你那些朋友谈谈吗?"

彦成说:"这种事怎么跟他们谈呢?"

丽琳觉得彦成把这些话都跟她讲,就是把她看得超过了朋友。她既是求婚者,就直截了当,建议如此这般,解决一切问题。

彦成没想到问题可以这么解决,而丽琳竟是侠骨柔肠,一片赤心为自己排难解纷,说不尽的感激。但是他说:

"我怎么可以利用你来对付我妈妈呢?"

丽琳觉得他老实得可爱。她款款地说:

"别忘了我在向你求婚呀!我愿意这么办,因为我爱你。我对你没有别的要求,只要求你爱我。你爱我吗?"她问的时候不免也脉脉含羞。

他们俩同在一把伞下紧紧挨着。丽琳不复是画报上的封面女郎,而是一个暖烘烘的人。她大衣领上的皮毛,头上大围巾的绒毛,软软地拂着他的脸颊。彦成很诚恳地说:

"你待我这样好,我什么都应该对你老实说。我——我——"

丽琳凉了半截,以为彦成要拒绝她。可是他只说:

"我实在不知道,我从来没有经验。"

丽琳笑他傻,她自己也没有经验呀。在她的诱导下,谈话渐渐转入谈情的正轨。雪仍在飘,两人越谈越亲密。一个是痴心,一个是诚恳;一个是爱慕,一个是感激。丽琳说,她只爱他一个,永远永远只爱他一人,问彦成嫌她不嫌。彦成当然不嫌,可是他很惶恐,只怕不配受她的爱重,只怕辜负了她。丽琳拉着他的手说:

"答应我，彦成，我只要你永远对我真诚，永远对我说实话。"

彦成一口答应。他们直谈到晚饭时，丽琳送彦成回宿舍。她的求婚算是成功了。

彦成都按丽琳的建议办事。寒假两人同回天津举行婚礼。两家都无异议，彦成的妈妈更是喜出望外。婚礼完毕，新人到北平度蜜月——其实不满一月，然后又同回学校。彦成毕业后出国，丽琳准备迟一年毕业后也出国。

可是丽琳没有毕业，因为她生了孩子，旷课太多了。她父亲年老多病，已把企业交付给两个儿子。丽琳的大哥在天津经营，二哥到了美国。二哥已为妹妹办好入大学的手续。丽琳母亲早亡，庶母没有孩子，很巴结丽琳兄妹。丽琳把孩子托给庶母，自己就到美国就学。彦成的妈妈因为丽琳生的只是个孙女，急要儿媳妇和儿子团聚，多生几个孙子，所以一力赞成。

彦成却已离开美国，到了英国。那位哲学家的书已经写完。有个英国汉学家要彦成和他合译《抱朴子》，为彦成弄到一笔伦敦大学的奖学金。彦成可以进修，还能省些余款寄家。彦成夫妇分居两地，只在假期同出旅行，延长了他们断断续续的蜜月。

一年来，一年去，丽琳已经得了一个普通的文学学士学位和一个教育硕士学位。她二哥在美国经营商业很成功，已把妻子儿女都接到美国。彦成如果愿意到美国去，二哥可帮他找到合适的工作。从前带他出国的美国哲学家已当上一个州立大学的校长，也召他去教书。丽琳只为等待彦成得一个响当当的博士,没有强他到美国和自己团聚。谁知彦成把学位看作等闲,一心只顾钻研他喜爱的学科。

祖国解放,丽琳的大哥大嫂和庶母等都已逃往香港。丽琳的父亲已于解放前夕去世。丽琳的女儿小丽早由许老太太接去。丽琳准备留在美国,设法把小丽接出来。彦成却执意要回国。他向来脾气随和,丽琳以为他都会依顺她,不料他却无情无义地说:"你自己考虑吧。如果你不愿意回去,我绝不勉强。"他自己是打定主意要回国的,尽管回去后工作还没有着落。

丽琳跟他一同回国了,倒也并不后悔。丽琳在国内大学里有个要好的女同学,曾和傅今交过朋友,虽然没成眷属,傅今对那位女友还未能忘怀。他认识丽琳,偶尔在朋友家相逢,便把他们夫妇延请到文学研究社,并为他们留下了最好的房子。丽琳的姑妈从天津为侄女运来了她家早为她置备的整套卧房、书房、客堂的家具。丽琳布置了一个非常漂亮的新家。

第 七 章

杜丽琳认为彦成算得是一个模范丈夫。他忠心——从不拈花惹草；他尊重她，也体贴她，一般总依顺着她。例如他爱听音乐，丽琳爱看电影，他总放弃了自己的爱好，陪丽琳看电影。不过他们俩不免有点儿生疏。彦成对她界限分明，从不肯花她的钱；有时也很固执，把她的话只当耳边风。放着好好的机会可得博士，他却满不理会。祖国解放了，他也不看"风色"，饭碗还没个着落，就高兴得一个劲儿要回国。丽琳觉得夫妻不宜长期分居，常责怪自己轻易让他独去英国。现在他们有了自己的家，可以亲密无间了。

丽琳从小没有母亲，父亲对女儿不甚关心，家里有庶母，有当家的大哥大嫂，有不当家的二哥二嫂，加上大大小小的侄儿侄女，还有个离了婚又回娘家的姐姐。她在这个并不和谐的家庭里长大，很会"做人"，在学校里朋友也多，可是她欠缺一个贴心人。她一心追求的是个贴心的丈夫。她自幸及时抓住了彦成。可是她有时不免怀疑，她是否抓住了他。

他们布置新家，彦成听她使唤着收拾整理，十分卖力。可是他只把这个家看作丽琳的家。他要求丽琳给他一间"狗窝"——他个人的窝。他从社里借来些旧家具和一个铺板，自己用锯子刨子制成一张木板小床，床底下是带格子的架子，藏他最心爱的音乐片。丽琳原想把这间厢房留给四年不见的女儿小丽。她忙着要接她回家团聚。自从许老太太硬把这孩子从杜家接走，三年来没见过这孩子的相片儿。彦成对这个从未见面的孩子却毫无兴趣。他回国后一人去看了一趟伯父母和老太太，却不让丽琳去。理由是他对老太太撒了谎，说丽琳不在天津。为什么撒谎他也不说，只承认自己撒了谎。问他小丽怎样，他一句也答不上，因为小丽不肯叫他，也不理他；他觉得孩子长得像她奶奶，脾气都像。丽琳直在盘算，如有必要，得把老太太一起接来。彦成只叫她"慢慢再说"。

以前他和丽琳只是一起游玩，断断续续地度蜜月。现在一起生活了，丽琳感到他们之间好像夹着个硬硬的核；彦成的心是包在核里的仁，她摸不着，贴不住。以前，也许因为是蜜月吧，彦成从没使她"吃醋"。现在呢——也许是她多心，可是她心上总不舒服。

彦成天天跑图书室，有时带几个年轻同事来家，不坐客厅却挤在他那"狗窝"里，还放唱片。丽琳嫌他们闹，彦成就不回家而和他们在外边打球下棋。没有外客，他好像就没有说话的人了。

他从图书室回来，先是向丽琳惊讶"那管书的人"找书神速。后来又钦佩"那管书的人"好像什么书都看过。后来又惋惜"那管书的人"只不过中学毕业，家境不好，没读完大学。他惊诧说："可是她不但英文好,还懂法文。图书室里的借书规则,都是她写的,工楷的毛笔字,非常秀丽。"有一天,彦成发现了大事似的告诉丽琳:"那管书的人你知道是谁? 她就是姚小姐!"

丽琳也听说过姚小姐,不禁好奇地问:

"怎么样儿的一个人? 美吧?"

"美?"彦成想了半天。"她天天穿一套灰布制服,像个三十岁的人——不是人老,是样子老;看着也蛮顺眼的,不过我没细看。"

丽琳相信彦成说的是真话,可是她为了要看看姚小姐,乘彦成要到图书室去还一本到期的书,就跟着同去。这是她第一次到图书室。姚宓和她的助手郁好文同管图书出纳,姚宓抽空还在编目。丽琳看见两个穿灰布制服的,胖的一个大约是郁好文,她正在给人找书,看见又有人来,就叫了一声"姚宓"。另一个苗条的就站起来,到柜台边接过许彦成归还的书,为他办还书手续。丽琳偷眼看这姚宓。她长得三停匀称,五官端正,只是穿了这种灰色而没有式样的衣服,的确看老。姚宓见了丽琳,就一本正经地发给她一个小本子请她填写。她说:"这是借书证,您还没领吧?"她说完就回到后面去编目了,对他们夫妇好像毫无兴趣,只是例行公事。

丽琳放了心,回家路上说:"干吗穿那么难看的衣服呀! 其实人还长得顶不错的。"她随就把姚宓撇开了。

研究社的成立大会上,丽琳看见彦成眼睛直看着她背后,又和不知谁打招呼似的眼睛里一亮,一笑。她当时没好意思回头,回家问彦成跟谁打招呼。彦成老实说,没跟谁打招呼。

"我看见你对谁笑笑。"

"我没笑呀。"彦成很认真地说。

"我看见你眼睛里笑一笑。"

彦成死心眼儿说:"眼睛里怎么笑呀?得脸上笑了眼睛才笑呢。不信,你给我笑一个。"

丽琳相信彦成不是撒谎。彦成从不对她撒谎,只对他妈妈撒谎,撒了谎总向丽琳招认自己撒谎。可是,这回彦成看完姚宓的记录,眼睛里对她一笑,和研究社成立会那天的表情正是一样。

吃饭的时候,她试探着说:

"姚小姐真耐看;图书室那个旮旯儿里光线暗,看不清。"

彦成很有兴趣地问:"怎么耐看?"

"问你呀!你不是直在看她吗?"

彦成惶恐道:"是吗?"他想了一想说:"我大概是看了,因为——因为我觉得好像从来没看见过她。"

"你过不了三天两天就上图书室,还没看够?"

"我只能分清一个是郁好文,一个是姚宓。我总好像没看清过她似的。"

"没看清她那么美!看了还想看看。"丽琳酸溜溜地说。

"美吗?我没想过。"彦成讲的是老实话。可是他仔细一想,觉得丽琳说得不错。姚宓的脸色不惹眼,可是相貌的确耐看,看了想再看看。她身材比丽琳的小一圈而柔软;眼神很静,像清湛的潭水;眉毛清秀,额角的软发像小儿的胎发;嘴角和下颏很美很甜。她皮肤是浅米色,非常细腻。他惭愧地说:

"丽琳,下次你发现我看人,你提醒我。多不好意思呀。

我成了小孩子了。"

丽琳心上虽然还是不大舒服,却原谅了彦成。

饭后她说:"彦成,你的工作计划拟好了吗? 借我看看好不好?"

彦成说,拟好了没写下来,可是计划得各定各的,不能照抄。他建议和丽琳同到图书室去找些资料,先看看书再说。

图书室里不少人出出进进,丽琳想他们大概都是为了拟定工作计划而去查找资料的。他们跑到借书的柜台前,看见施妮娜也在那儿站着。江滔滔在卡片柜前开着抽屉乱翻。施妮娜把手里的卡片敲着柜台,大声咕哝说:

"规则规则! 究竟是图书为研究服务,还是研究为图书服务呀?"

郁好文不理。她刚拿了另一人填好的书卡,转身到书架前去找书。姚宓坐在靠后一点的桌上打字编目。她过来接了许彦成归还的一叠书,找出原书的卡片——插在书后。

施妮娜发话道:"哎,我可等了好半天了!"

姚宓问:"书号填上了吗?"

妮娜生气说:"找不到书号,怎么填?"

姚宓说:"没有书号,就是没有书。"

"怎么会没有呢! 我自己来找,又不让!"妮娜理直气壮。

姚宓接过她没填书号的卡片,念道:

"《红与黑》,巴尔扎克著。"她对许彦成一闪眼相看了一下。彦成想笑。

姚宓说:"《红与黑》有,不过作者不是巴尔扎克,行不行?"

妮娜使劲说:"就是要巴尔扎克!"

姚宓说："巴尔扎克的《红与黑》,没有。"

妮娜说："你怎么知道没有呢？这边书架上没有,那个书库里该有啊！"

"那个书库"就指姚謇的藏书室。

姚宓说："那是私人藏书室。"

"既然借公家的房子藏书,为什么不向群众开放呢？"

姚宓的眼睛亮了一亮,好像雷雨之夕,雷声未响,电光先照透了乌云。可是她只静静地说:

"那间房,还没有捐献给公家,因为藏着许多书呢。里面有孤本,有善本,都没有编目,有的还没有登记。外文书都是原文的,没有中文译本,也都没有登记,所以不能外借,也不开放。"

她在彦成的借书证上注销了他归还的书,坐下继续编目。

彦成看施妮娜干瞪着眼无话可答,就打圆场说："妮娜同志,你要什么书,我帮你找书号。"

妮娜气呼呼地对遥望着她的江滔滔一挥手说："走！"

她对彦成夫妇强笑说："算了！不借了！"她等着江滔滔过来,并肩一同走出图书室。

彦成夫妇借了书一起回家的时候,丽琳说:

"她真厉害！"

彦成并没有理会丽琳的"她"指谁,愤然说："那草包！不知仗着谁的势这么欺人！管图书的就该伺候她研究吗？"

"我说那姚小姐够厉害啊,两眼一亮,满面威光。"

彦成接口说："那草包就像鼻涕虫着了盐一样！真笑话！巴尔扎克的《红与黑》！不知是哪一本文学史上的！跟着从前

的丈夫到苏联去待了两年,成了文学专家了! 幸亏不和她在一组! 谁跟她一起工作才倒霉!"

姚宓和彦成相看的一眼没逃过丽琳的观察,她说:

"让姚小姐抓住了她的错儿吧?"

"留她面子,暗示着告诉她了,还逞凶!"

丽琳想不到彦成这么热诚地护着姚宓。她自己也只知道《红与黑》的书名,却记不起作者的名字。她除了功课,读书不多,而她是一位教育硕士。

她换个角度说:"这位姚小姐真严肃,我没看见她笑过。"

"她只是不像姜敏那样乱笑。"

丽琳诧异说:"怎么样儿乱笑呀?"

"姜敏那样就是乱笑。"彦成的回答很不科学。

丽琳问:"我呢?"

"你是社交的笑,全合标准。"

丽琳觉得不够恭维。她索性问到底:"姚小姐呢?"

彦成漫不经心地说:"快活了笑,或者有可笑的就笑。"

"她对你笑吗?"

彦成说:"对我笑干吗? ——反正我看见她笑过。我看见她的牙齿像你的一样。"

这句话可刺了丽琳的心。她有一口像真牙一样的好假牙,她忘不了彦成初次发现她假牙的神情。

她觉得彦成是着迷了,不知是否应该及早点破他。

第 八 章

　　姚宓每天末了一个下班。她键上一个个窗户,锁上门,由大院东侧的小门骑车回家。从大院的东头到她家住的西小院并不远。这几天图书室事忙,姚宓回家稍晚。初冬天气,太阳下得早。沈妈已等得急了,因为她得吃完晚饭,封上火,才回自己家。

　　姚宓一回家就减掉了十岁年纪。她和姚太太对坐吃饭的时候,鬼头鬼脑地笑着说:

　　"妈妈,你料事如神,姜敏的妈真是个姨太太呀,而且是赶出门的姨太太。妈妈,你怎么探出来的?"

　　姚太太说:"你怎么知道的?"

　　"我也会做福尔摩斯呀!——姜敏的亲妈嫁了一个'毛毛匠'——上海人叫'毛毛匠',就是洋裁缝。她不跟亲妈,她跟着大太太过。家里还有个二太太,也是太太。她父亲前两年刚死,都七十五岁了! 妈妈,你信不信?"

　　姚太太说:"她告诉你的吗?"

“哪里！她说得自己像是大太太的亲生女儿，其实是伺候大太太眼色的小丫头。”

姚太太看着女儿的脸说：“华生！你这是从陈善保那儿探来的吧？”

“妈妈怎么又知道了？”

可是姚太太好像有什么心事，她说：“阿宓，咱们今天没工夫玩福尔摩斯，我有要紧事告诉你呢。”

姚太太要等沈妈走了和女儿细谈，不料沈妈还没走，罗厚跑来了。

罗厚和姚宓在大学同班，和姚家还有点远亲。姚家败落后，很多事都靠他帮忙。解放前夕，他父亲继母和弟妹等逃往台湾，他从小在舅家长大，不肯跟去。舅舅、舅妈没有孩子，他等于是舅家的孩子了。舅舅是民主人士，颇有地位，住一宅很宽畅的房子。可是舅舅、舅妈经常吵架，他又是两口子争夺的对象，所以宁愿住在研究社的宿舍里。他粗中有细，从不吹他的舅舅。同事们只知道他父母逃亡，亲戚家寄居不便，并不知道他舅家的情况。罗厚没事也不常到姚家去。这时他规规矩矩先叫声伯母，问伯母好，接下就尴尬着脸对姚宓说：

“姚宓，陈善保——他——他……”

罗厚诨名“十点十分”，因为他两道浓眉正像钟表上十点十分的长短针，这时他那十点十分的长短针都失去了架势，那张顽童脸也不淘气了。他鼓足勇气说：

“陈善保问我，他——他——伯母，您听说过一个新词儿吗？……”

沈妈正要出门，站在门口不知和谁说了几句话，就大喊：

"小姐,小姐,快来!"

姚宓急忙赶到门口。

罗厚巴不得她一走,立刻说:"陈善保问我是不是跟姚宓'谈'呢——'谈',您听到过吗?"

姚太太点头。

罗厚接着说:"我告诉他我和姚宓认识多年了,从来没'谈'过。"

这确是真的。罗厚好管闲事爱打架,还未脱野男孩子的习性。他有鉴于舅家的夫妻相骂,而舅妈又娇弱,一生气就晕倒;他常诧怪说,一个人好好的结什么婚!他假如结婚,就得娶一个结结实实能和他打架的女人。他和姚宓同学的时候很疏远,觉得她只是个娇小姐。姚宓退学当了图书馆员,回家较晚,一次他偶然撞见街上流氓拦姚宓的自行车。他从此成了义务保镖,常遥遥护送,曾和流氓打过几架。他后来对姚宓很崇拜,也很爱护,也很友好,可是彼此并没有什么柔情蜜意,他从没有想到要和她"谈"。

他接下说:"善保对我说,你不谈,我就要谈了。伯母,我可怎么说呢?我怕姚宓回头怪我让他去找她谈的,我得先来打个招呼。"

姚太太抬头听听门口,寂无声息。

罗厚也听了听说:"我看看去,什么事。"

他回来说:"大门关上了(姚家的大门上安着德国式弹簧锁),一个人都没有。开门看看,也不见人。"他哭丧着脸说:"准是陈善保找她出去了。"

姚太太说:"不会,准有什么急事。"

"也许陈善保自杀了。"

姚太太忍不住笑了。

"人家转业军人,好好的,自杀干吗?——他还是团支部的宣传组长呢,是不是?"

罗厚说:"陈善保是头等好人,长相也漂亮,可是姚宓……"

姚太太说:"好像姜敏对他很有意思。"

"可不!她尽找善保谈思想,还造姚宓的谣……"罗厚说了忙咽住,深悔说了不该说的话。他瞧姚太太只笑笑,毫不介意,也就放了心,转过话题,讲图书室这几天特忙。他说:"那老河马自己不会借书,还拍桌子发脾气。幸亏那天我没在……"

"你在,就和她决斗吗?"她接着问是怎么回事。

"姚宓没告诉伯母?糟糕,我又多嘴。伯母,可惜您没见过那老河马,怎么长得跟河马那么像呀!她再嫁的丈夫像戏里的小生,比她年轻,人家说他是'偷香老手',也爱偷书。真怪,怎么他会娶个老河马!"

姚太太早听说过这位"河马",她不问"河马"发脾气的事,只说:"罗厚,我想问问你,姚宓和姜敏和你,能不能算同等学力?"

"哪里止同等呀!她比我们强多了!"

姚太太说:"你的话不算。我是要问,一般人说起来,她能和大学毕业生算同等学力吗?当然,你不止大学生,你还是研究生呢。"

罗厚说:"姚宓当了大学里图书馆的职员,以后每次考试都比我考得好。"

"她考了吗?"

罗厚解释:"每次考试,她叫我把考题留给她自己考。我还把她的答卷给老师看过。老师说她该得第一名。可是,在图书馆工作就不能上课;不上课的不准考试,自修是不算的,考得再好也不给学分。图书馆员的时间是卖死的!学分是学费买的!"

他气愤愤地说着,一抬眼看见姚太太簌簌地流泪,不及找手绢,用右手背抹去脸上的泪水,又抖抖索索地抬起不灵便的左手去抹挂在左腮的泪。

罗厚觉得惶恐,忙找些闲话打岔。他说,听说马任之升官了;又说,傅今入党了,他的夫人正在争取。他又怕说错什么,看看手表说:"伯母要休息了吧? 我到外边去等门。"他不敢撇姚太太一人在家。

姚太太正诧异女儿到了哪里去,姚宓却回来了,问沈妈有没有讲她到了谁家去。

原来沈妈在外边为姚宓吹牛,说她会按摩,每晚给她妈妈按摩,有什么不舒服,一经按摩就好了。那晚余楠到丁宝桂家吃晚饭,他们的女儿余照晚饭后不知到哪里去玩了。余太太忽然胃病发作,面如黄蜡,额上汗珠像黄豆般大。她家女佣急了,慌慌张张赶到姚家,门口碰到沈妈,就说:"我们家太太不好了,请你们小姐快来看看。"姚宓不知是请她当大夫,听到告急,赶忙跟着那女佣赶到余家,准备去帮帮忙。宛英以为女佣请来了大夫。她神志很清楚,说没什么,只因为累了,胃病复发了。姚宓瞧她的情况并不严重,按着穴位给她按摩一番,果然好了。宛英才知道这位"大夫"是早已闻名的姚小姐,又是感激,又是抱歉,忙着叫女佣沏茶。要不是姚宓说她妈妈在家等待,宛英还要殷勤款待呢。

姚宓笑着告诉妈妈:"我给她揉揉肚子,放了——"她当着罗厚,忙改口说:"气通了,就好了。"

罗厚说:"姚宓,你出了这个名可不得了呀!"

姚宓说:"我辟谣了——谢谢你,罗厚,亏得你陪着妈妈。沈妈真糊涂,也不对妈妈说一声就自管自走了。"

姚太太等罗厚辞走,告诉女儿:"今天午后王正来看我,对你的工作做了安排。据她讲,领导上已经决定,叫你做研究工作,你和姜敏一伙大学毕业生是同等学力。你原先的工资高,所以和罗厚的工资一样,比姜敏的高。她说,你这样有前途,在图书室工作埋没了你。"

姚宓快活得跳起来说:"啊呀,妈妈! 太好了! 太好了!"她看看妈妈的脸,迟疑地问:"怎么? 不好吗?"

"我只怕人不如书好对付。他们会看不起你,欺负你,或者就嫉妒你,或者又欺负又嫉妒。不比图书室里,你和郁好文两人容易合作。"

姚宓说:"那我就不换工作,照旧管我的图书。"

姚太太说:"没那么简单。你有资格做图书室主任吗? 图书室放定要添人的。将来派来了主任,就来了个婆婆,你这个儿媳妇不好当,因为你又有你的资格。假如你做副主任,那就更倒霉,你没有权,却叫你负责。"

"反正我不做副主任,只做小职员。"

姚太太摇头说:"由不得你。小职员也不好当——我看傅今是个爱揽权的,他夹袋里准有人。你也没有别的路。做研究工作当然好,我只怕你太乐了,给你泼点儿冷水。——还有,咱们那一屋子书得及早处理。这个图书室规模太小,规章制度定了也难行,将来保不定好书都给偷掉。"

"索性捐赠给规模大的图书馆。"

"我就是这个意思。你得抽空把没登记的书都登记下来。"

姚宓服侍妈妈吃了药,照常读她的夜课。可是时候已经不早,她听妈妈只顾翻腾,想到以后黑日白天都可以读书,便草草敷衍了自定的功课,上床睡在妈妈脚头,挨着妈妈的病腿,母女安稳入睡。

第 九 章

姚宓不知为什么,忙着想把她调工作的事告诉许彦成先生,听听他的意见,并请教怎样订她的工作计划。她觉得许先生会帮她出主意。他不像别的专家老先生使她有戒心。那位留法多年的朱千里最讨厌,叼着个烟斗,嬉皮赖脸,常爱对她卖弄几句法文,又喜欢动手动脚。丁宝桂先生倚老卖老,有时拍拍她的肩膀,或拍拍她的脑袋,他倒也罢了,"丁老伯"究竟是看着她长大的。朱千里有一次在她手背上抚摩了一下。她立刻沉下脸,抽回手在自己衣背上擦了两下。朱千里以后不敢再冒昧,可是尽管姚宓对他冷若冰霜,他的嬉皮赖脸总改不掉。余楠先生看似严肃,却会眼角一扫,好像把她整个人都摄入眼底。只要看他对姜敏拉手不放的丑相,或者对"标准美人"毕恭毕敬的奴相,姚宓怀疑他是十足的假道学。许先生不一样。他眼睛里没有那副馋相。是不是因为娶了"标准美人"呢?看来他的心思不在这方面。许先生即使注视她,也视而不见,只管在想别的事似的。他显然是个正派的人。

许先生曾探问姚宓的学历,对她深表同情,偶尔也考考她,或教教她。姚宓觉得许先生有学问,而许先生也欣赏姚宓读书不少,悟性很好。许先生常到图书室来翻书或借书,姚宓曾请他到她父亲的藏书室去看书。他们偶尔谈论作家和作品,两人很说得来;人丛里有时遥遥相见,他会眼神一亮,和她打个招呼。姚宓觉得许先生虽然客客气气,却很友好,准会关心她的事。不过那天是星期日,她不会见到他,得再等机会。

星期日姚家常有客来。姚宓母女商量好,免得陈善保来"谈",姚宓趁早到她父亲的藏书室去登记书目。

姚宓未及出门,姜敏就来了。她穿一条灰色西装裤,上衣是墨绿对襟棉袄,胸口露出鲜红的毛衣,小鸟依人般飞了进来。姜敏身材娇小,白嫩的圆脸,两眼水汪汪地亮。她惯爱垂下长长的睫毛,斜着眼向人一瞄,大有勾魂摄魄的伎俩。她两眼的魅力,把她的小尖鼻子和参差不齐的牙齿都掩盖了。她招呼了姚伯母,便拉了姚宓说:

"我特来向你道歉——也许不用道歉,可是我做了一桩冒昧的事。我没有征求你的同意,我向傅今同志建议,调你做研究工作!别管什么图书了!你看怎么样?我是不是冒失了?"

姚宓说:"我有资格吗?"

姜敏说:"我叫他们大家都保证你有!"

姚宓笑说:"嗬!好大口气!大家都听你的!"

姜敏说:"反正大家都会同意。"

姚宓满不理会说:"姜敏,我要替妈妈去办点儿事,你陪妈妈坐会儿。"姚宓知道姜敏是来等善保的。善保来了,她会跟着一起走。

姚宓赶忙推着自行车出门。她骑车过大院中门,忽有个小孩儿蹿出来,拦着车不让走。姚宓急忙一脚下地,刹住了车。那孩子她从没见过,大约四五岁,穿一件和尚领的厚棉袄,开裆裤,脚上穿一双虎头鞋。头发前半面剪得像女式的童化头,后半面却像和尚头。

姚宓说:"小妹,乖,让我走。"

那孩子拉着车不放,只光着眼睛看人,也不答理。

姚宓说:"你是小弟吧? 你是谁家的孩子?"

孩子一口天津话:"我要骑车。"

门里赶出来的是许家的女佣。她说:"小丽,不能街上乱跑呀! 快进来!"她认识姚宓,解释说:"昨晚老太太带着孙女儿来了。这孩子一刻也看不住。"她抓了孩子进去。姚宓忙又上车。

分房子的时候,她听说许家有个老太太,孙女儿是许先生的女儿吗? 她名叫小丽,该是丽琳的女儿吧? 怎么长得不像许先生,也不像杜先生。那一身打扮,更是古怪。

姚宓进了大院东侧的小门,推着车往图书室去,只见有个人在前廊踱步,正是许先生。

姚宓说:"呀,许先生,今天星期日,图书室不开门的。阅览室要下午开呢。"

许彦成举手拍拍脑门子说:"忘了今天星期日! 我说怎么还不开门! 可是,我不是要借书。"他看着姚宓诧怪说:

"你怎么来了呢? 你值班儿?"

姚宓说了她的任务,许彦成吐一口气说:"那么,对不起,让我进来躲一躲,我糟糕了。"

原来许彦成应付不了他妈妈的时候就撒谎,撒完谎他又忘了。他在国外的时候,每一两个星期会接到伯父母的信,里面总夹着他妈妈一纸信。伯母每次解释说,同样的信还有几张,因字大纸厚,内容相同,只寄一纸。信上翻来覆去只是一句话:"汝父仅汝一子,汝不能无后也。"然后急切问:"新妇有朵未?"(他妈妈看不起白话文,也从不承认自己会写错别字。"孕"字总写成"朵"字。)彦成知道伯父事忙,伯母多病,他免得妈妈常常烦絮,干脆回信说:"新妇已有朵。"过些时他妈妈又连连来信询问生了儿子还是女儿。他就回信说:生了儿子。他从未想到该把这些谎话告诉丽琳,也记不清自己生了多少孩子。他妈妈却连孩子的生日都记得,总共三个,都是男的。彦成回国,先独自去看望伯父母和母亲。他母亲问起三个孩子,彦成推说都在丽琳身边,没来天津。他撒完谎就忘了,直到丽琳要去看女儿,才想起无中生有的三个儿子。他觉得这种谎话太无聊,只告诉丽琳他撒了谎,阻止丽琳去看女儿,并未说明缘由。彦成打算稳住老太太仍在天津定居,每月尽多寄她家用钱。

丽琳的姑母为侄女儿运送了一批家具,最近偶逢许老太,便告诉她,彦成夫妇已布置好新居。老太太立即带了孙女赶到北京来。彦成夫妇得到伯母打的电报,亲自到车站去接。老太太问起三个孙子,彦成说,都托出去了。丽琳一心在女儿身上,也没追究三个孙子是谁。她为小丽寄回一套套漂亮的洋娃娃式衣服,老太太嫌穿来不方便,又显然是女装,都原封藏着,这次带来还给丽琳。小丽那副不男不女的怪打扮,是象征"招弟"的。丽琳瞧她前半面像小尼姑,后半面像小和尚,又气又笑,又觉丢脸,管住她不让出门。老太太直念叨着三个孙子,星期六不接回家,星期天总该接呀。彦成事到临头,才向丽琳招供出他那三个儿子来。他这会儿算是出来接儿子的。

彦成跟着姚宓进书室,一面讲他的糟糕事。姚宓先还忍住不笑,可是她实在忍不住了,跨进她父亲的藏书室,打开了窗子,竟不客气地两手抱住肚子大笑起来。

在这一刹那间,彦成仿佛眼前拨开了一层翳,也仿佛笼罩着姚宓的一重迷雾忽然消散,他看清了姚宓。她凭借朴素沉静,装出一副老成持重的样儿,其实是小女孩子谨谨慎慎地学做大人,怕人注意,怕人触犯,怕人识破她只是个娇嫩的女孩子。彦成常觉得没看清她,原来她是躲藏在自己幻出来的迷雾里,这样来保护自己的。料想她是稚年猝遭家庭的变故,一下子失去依傍,挑起养家奉母的担子,少不得学做大人。彦成觉得满怀怜惜和同情,看着她孩子气的笑容,自己也笑起来。

姚宓忍住笑说:"许先生,你可以说,孩子都在外国,没带回来,不结了吗?"

彦成承认自己没脑子,只图眼前。他实在是不惯撒谎的。他说:

"我也没知道儿子已经生了三个。一个还容易,只说死了。两个一起死吧,该是传染病。三个呢!分别死的?还是一起死的呢?没法儿谋杀呀。反正随丽琳怎么说吧,她会对付妈妈。"他长叹一声说:"我心里烦得很。让我帮你干干活儿,暂时不去想它。"

姚宓讲了自己可能调工作,只是还不知事情成不成,也不知自己够不够格。

彦成大为高兴，把他的三个儿子都忘了，连声说："王正真好！该说，新社会真好！不埋没人！"他接下一本正经告诉姚宓："你放心，你比人家留学得硕士的强多了，怎会不够格！"

他帮姚宓登记书，出主意说："外文书凡是你有用的都自己留下，其余的不用一一登记书目，咱们分分类，记个数就行。"

姚宓也是这个意思，两人说着就干。英文书她早就留下了大部分，彦成帮她把法文书也挑出来，一面还向她介绍什么书易读，什么书难懂。彦成把姚宓需要的书从架上抽出，姚宓一叠堆在地下。其他的分类点数。两人勤勤谨谨地干活，直到姚宓觉得肚子饿了，一看表上已是十一点半。她问许先生饿不饿，要不要跟她家去吃饭。彦成在书堆里坐下说，先歇一会儿吧。两人对面坐下。

彦成说："你妈妈看见我这种儿子，准生气。"

"不，我妈妈准喜欢你。"姚宓说完觉得不好意思，幸亏彦成并没在意。他把自己家的情况告诉姚宓，又说他的伯母待他怎么好。

他们歇了一会，彦成说，不管怎么样，他得回家去了，说着自己先站起来，一面伸手去拉姚宓。姚宓随他拉起来，她笑说：

"假如你不便回家，到我家来吃饭。"

彦成笑说："我得回家看看我那群儿子去了。姚宓同志……"

"叫我姚宓。"

"好，姚宓，我得回家去了。"

姚宓因为藏书室冷，身上穿得很厚，看许彦成穿得单薄，担心说："这个窗口没风，外边可在刮风了，许先生，你冷不冷？"

许彦成说："干了活儿暖得很，趁身上还没凉，我先走吧。"他说声"再见"，匆匆离去。

姚宓回家，姜敏和善保都走了。姚太太对女儿说："你调工作的事，王正准是和傅今谈妥了，傅今已经和别人说起，所以姜敏也知道了。"

姚宓说："姜敏，她听了点儿风声就来居功。她就是这一套：当面奉承，背后挖苦，上面拍马，下面挤人。她专拍傅今的马屁，也拍江滔滔，也拍施妮娜，也拍余楠，也拍'标准美人'；许彦成她拍不上，'标准美人'顶世故，不知道吃不吃她的。"

接着她讲了许彦成的"三个儿子"和不男不女的女儿，姚太太乐得直笑。

第 十 章

宛英虽然早看破了余楠,也并不指望女儿孝顺她,可是免不了还要为他们生气;而且她对两个儿子太痴心,把希望都寄在他们身上。余家来北京后,两兄弟只回家了一次,从此杳无音信。宛英胃痛那天是星期六。她特意做了好多菜,预先写信告诉儿子,家里已经安顿下来了,她为他们兄弟布置了一间卧房,星期六是她的四十岁生日,她叫两兄弟回家吃一顿妈妈的寿面,住一宵再回校。他们没有回音。余家中午已吃过面,宛英左等右等,到晚上直不死心,还为他们留着菜。

余照早不耐烦说:"妈妈,你就是死脑筋,没法儿进步,该学学爸爸,面对现实,接受新事物呀!做什么好菜!还不是'糖衣炮弹'!"她的语言表示她的思想近期内忽然大有进步了。

余楠附和说:"现在的大学生不但学习业务,还学习政治呢。你别扯他们的后腿。我叫你做两个菜给隔壁傅家送去,睦睦邻,你就是不听!"

“他们又不认识我。”

“啊呀，做了邻居，面也得送两碗！你亲自送去，不就认识了吗？”

宛英说：“现在还兴这一套吗？我是怕闹笑话。”

余楠使劲“咳”了一声说：“你睁眼瞧瞧，现在哪个‘贤内助’只管管油盐酱醋的！傅今是当权的副社长，恰好又是紧邻。礼多人不怪。就算人家不领情，你反正是个家庭妇女，笑话也不怕呀。”

他说完就到丁宝桂家去吃晚饭了。丁宝桂是他新交的酒友，经常来往，借此打听些社里的新闻和旧事。

余照直嚷肚子饿，催着开饭。她自管自把好的吃了个足，撂下饭碗，找人扶她学骑自行车去了。

宛英忙了一天，又累又气。她对两个儿子还抱有幻想，不料他们也丝毫不把她放在心上。她勉强吃下一碗饭，胃病大发。

她发现找来治病的不是大夫，而是听人说是为了妈妈丢了未婚夫的那位姚小姐。别瞧她十指纤纤，劲头却大，给她按摩得真舒服。她想到自己的女儿，不免对姚小姐又怜又爱，当时不便留她，过了几天，特地做了一个黄焖鸡，一个清蒸鳜鱼，午前亲自提着上姚家致谢。

她把菜肴交给沈妈，向姚太太自我介绍了一番说：“前儿晚上有劳姚妹妹了，又搅扰老伯母，心上实在过不去，特地做两个菜，表表心意。”她有私房钱，可以花来结交朋友。

姚太太说：“余太太，您身体不好，做街坊的应该关心，您太客气了。”

余太太忙说:"叫我宛英吧,我比老伯母晚一辈呢。"她知道姚太太已年近六十。

姚太太喜欢宛英和善诚恳,留她坐下说闲话,又解释她女儿只是看见大夫为她按摩,胡乱学着揉揉。

正说着,忽听门铃响。沈妈领来一位高高大大的太太,年纪五十左右,穿一件铁灰色的花缎旗袍,带着个四五岁的小女孩,鼓鼓囊囊地穿一身紫红毛衣,额前短发纠结成两股牛角,交扭在头顶上,系上个大红缎带的蝴蝶结子。后脑却是光秃秃的。姚太太拄着拐杖站起来迎接,问来客姓名。

那位客人说:"您是姚太太吧?这位是余太太呀!我是许老太太。"

姚太太说:"许太太请坐。"

"许老太太了!许太太是我们少奶奶,许彦成是我犬子。"

姚太太看了那女孩子的头发,记起姚宓形容的孩子,已猜到她们是谁。她一面让座,一面请问许老太太找谁,有什么事。

那孩子只光着眼珠子看人,忽然看见姚太太的拐杖,撒手过去,抢了拐杖,挥舞着跑出客厅,在篱笆上乱打。

许老太太也不管孩子,却笑着说:

"这孩子就是野!活像个男孩子,偏偏只是个女的。"她长叹一声说:"也亏得是女的。她爷爷、她爸爸两代都是寒金冷水的命,伤妻克子,她要是个男孩子就招不住了,所以我也不指望她招弟弟了。"

宛英追出去,提住了孩子说:"小丽,手杖给我!你昨天砸了我们的花瓶,我还没告诉余伯伯找你算账呢!"

小丽不知余伯伯是谁，有点害怕，让宛英夺回手杖，给拉进客厅。

许老太太听说小丽砸了余家的花瓶，也不敢护着孩子，只说："我也就是为了她呀！四岁了！女孩子嘛，都说女孩子最有出息是弹琴，这玩意儿得从小学起，所以三岁半我就叫她学琴了。我听说您家有架钢琴，现在没用了。我来商量商量，借我们孩子用用，或是让她过来弹，或是让我们把琴搬回去。"

姚太太说："我的琴多年不用，已经坏了。"

许老太太说："不要紧，找个人来修修，我花钱得了。反正或是出租，或是出借，总比闲搁着好。"

姚太太沉下脸说："我这个琴，也不出租，也不出借。"

宛英捉不住小丽，忙说："许老太太，你们小丽要回家呢——钢琴的事，我替您跟老伯母谈吧。"

许老太太并不是泼妇，也不是低能，只是任性别扭，只有自己，从不想别人。她碰了姚太太的钉子，看到宛英肯为她圆转，就见风扯篷，请宛英代她"说说理"，牵着孩子走了。

宛英叹气说："这些孩子，就欠管教。可是，老伯母，不是我当面奉承，像姚妹妹这样的好女儿，不是管教出来的，是老伯母几世修来的——我听到她就佩服，见了她就喜欢。"她紧紧捏着姚太太的手说："老伯母，我有缘和您做了街坊，以后有什么事，让沈大妈过来叫我一声，我是闲人。"

姚太太喜欢她真诚，请她有空常来坐坐。至于钢琴的事，姚太太说，不用再提了。

午饭时姚太太和女儿品尝着宛英做的菜，姚宓说：

"妈妈，咱们怎么还礼呢？"

姚太太说,不忙着"一拳来,一脚去",人家是诚心诚意来交朋友的。她只追问女儿,傅今找她谈话没有。

姚宓上心事说:"还没有呢。可是那个陈善保看来直在想找我。幸亏我躲得快。但愿再躲几回,他知趣别来找我了。"

那天下午,天阴欲雪,陈善保好像在等机会和姚宓说话。正好许彦成到图书室来,对她说:

"姚宓,我有件事想问问你。咱们到外间去谈谈,可以吗?"

他们坐在阅览室的一个角落里,彦成低声说:

"我妈妈昨天早上到你们家去闯祸了,你知道吧?"

"知道——也不算闯祸。"

"余太太说得很委婉,可是我知道我妈妈准闯祸了。而且她的脾气是犟极了的,不达到目的就没完没了,准缠得你们厌烦。我呢,忽然想出个好办法,不知你赞成不赞成。"

他告诉姚宓,他从国外带回一只新式唱机和许多古典音乐唱片,可是他只可以闲搁着,因为丽琳嫌他开了唱机闹个没完。丽琳读书的时候怕搅扰,连手表都得脱下,包着手绢儿,藏在抽屉深处,免得"滴答""滴答"的声音分心。他想姚太太准爱听音乐。

姚宓高兴说:"我懂你的意思了,交换,是不是?"

彦成点头说:"琴,搁在我们家客厅里做摆设。我负责保管。小丽压根儿没耳朵,唱个儿歌都走调,弹什么钢琴!我们送她上学就完了。唱片,你们可以听听,消遣消遣。"

"太好了!妈妈经常也看看书,可是大夫不让多看。她有时候叫我弹琴解闷儿,可是这几年来我哪有工夫练琴呀?指头都僵了。妈妈渴着要听点好音乐呢——你也可以到我们家来听。"

"可以吗？谢谢你。反正我闲搁着唱片不用，和你们的钢琴正是一样。今晚，丽琳要我和她一起到府上来向你妈妈道歉。丽琳准也赞成我这个建议，不过我还没有告诉她，先问了你再说。"

姚宓看见善保守在一边。等他们谈完，善保却走了。

许彦成的建议得到丽琳赞成，也受到姚太太的欢迎。"交换"的事，双方很顺利地一下子就谈妥了。

彦成夫妇告辞出门。姚太太对女儿说：

"这位'标准美人'看上去顶伶俐的，怎么竟是个笨蛋，听音乐嫌闹！她说她爱听静静的音乐。什么'静静的音乐'呀，就是电影里的情歌。我看她实在有几分俗气，配不过她那位不标准的丈夫。"

姚宓不及答话，陈善保就来了。她无处可躲，只好硬着头皮等他"谈"。

陈善保说："我等了你两天，只好等你们的客人走了再来，也许时间晚了。"

他接着就告诉姚宓，领导上调她做研究工作，叫她快制订自己的工作计划。她不用写小结，不过得把书目编完。他说，姚宓和他和姜敏都算同等学力，施妮娜、杜丽琳和许彦成大概也算同等学力吧？他不大知道。

"罗厚呢？"

"不清楚。他和江滔滔算是同等吧？以后施妮娜和江滔滔都到咱们外文组来了。"

"她们来干吗？——哦，施妮娜是苏联文学专家。江滔滔是什么学历、什么专业呀？她不是作家吗？她难道也和罗厚一样是研究院毕业的？"

"她原在现当代组，可是咱们这里需要她。她在不知什么学院的研究班上旁听过。"

姚宓说："我的书目哪年才能编完呢？我干脆还是继续管图书吧，不用订什么研究计划了。"

善保做了个鬼脸说："编目呀，你把手里的一本编完就算，留给施妮娜吧，你不管了。"

"什么？留给施妮娜？她不是在外文组吗？"

"她兼任图书室的什么主任。"

姚宓忍住没说什么。等陈善保一走，她苦着脸对妈妈说："我怎么办呢？连退路都没有了。"

姚太太安慰她说："研究工作总比管图书好些——而且，姜敏准对善保做了些工作，他找你只谈了公事。别多想了，过一天咱们一起听唱片。"

第十一章

　　余楠有意"睦邻"，伺得机会，向傅今倾吐钦佩之情，博得一声"有空请过来"。余楠就到傅家去请傅今夫妇吃个"便晚饭"。当时施妮娜在座，他知道妮娜和江滔滔的交情，顺口也邀请了妮娜"伉俪"，指望对方客气辞谢。不料施妮娜欣然一诺无辞。

　　请两个客人"便饭"是方便的，称得上"便饭"。四个客人，规模稍大，就不那么方便了。余楠只知道妮娜有丈夫，却不知那位丈夫在哪里工作，是何等人，是否和傅今夫妇合得来。四个客人，加上三个主人，八仙桌上还空一席。请客添双筷，乘机也把范凡请来。范凡和傅今合作得很紧密，两位都是当权派。这么一想，他觉得不方便也值得。他和宛英商定菜单，比酒席简单些，比"便饭"丰盛些。四冷盘可合成一拼盘。热炒只两个，一大碗汤加四大菜，这就行了。他等候机会也邀请了范凡，范凡并不辞谢。只是他女儿余照不肯陪客，胡乱吃了几口晚饭就往外跑。家里已经生火，外面又冷又黑，难道还学骑车？宛英怀疑她新交了什么男朋友。

傅今夫妇和施妮娜夫妇是结伴同来的。余楠没想到施妮娜的丈夫就是研究社成立大会上和梳两橛小辫儿、略像胡小姐的女人并肩而坐、窃窃密谈的那位"小生"。余楠说：

"这位见过，只是没请教尊姓大名。"

"区区姓汪名勃"——他简直像戏里"小生姓张名君瑞"或"小生柳梦梅"是一个腔调。他晃着脑袋说："这是经过一番改革的名字。原名汪伯昕。'伯'字有封建味儿。'昕'字多余，不妨去掉。再加上点儿革命气息，就叫汪勃。"

江滔滔掩口而笑。施妮娜似嗔非嗔地瞅了他一眼，回脸对江滔滔说：

"滔滔，训他几句。"

傅今一本正经说："汪勃同志其实是咱们古典组的，可是他只来报了个'到'。他是一位能诗能文的大才子，又是《红楼梦》专家。他瞧不起古典组专管标点注释，所以至今还在学校讲课，从没到组里去过，怪不得余先生不熟。"

施妮娜说："他是独木不成林，要等明年组成了班子才来呢。"

余楠忙向这位年轻才子致敬意。

汪勃涎着脸对宛英说："不才的大才是做菜，今天特来帮忙，听余太太使唤的。调和五味是我的专长。"

江滔滔故意板着脸说："汪勃，少吹牛！"

施妮娜笑说："余太太，小心他会偷您的拿手本领。"

宛英只老实说她没有拿手本领，一面让座奉茶。

汪勃端详着她说："余太太，看来您是喜欢朴素的，衣服

‘带些黯淡大家风’。您如果请我做顾问，黯淡之中，还可以点染几分颜色，保管让您减去十岁年纪。"他不等余太太回答，指点着妮娜和滔滔说："瞧！她们俩都采用了区区的审美观，效果很明显。这位滔滔同志喜欢淡妆，衣服只穿青绿，胭脂不用大红。哎，滔滔西湖之水，‘淡妆浓抹总相宜’啊！瞧她不是今日胜往昔吗?"

江滔滔已脱下簇新的驼色呢大衣。她穿一件深红色的薄丝棉袄，搭着深红色的胭脂和口红，果然比平日艳丽。傅今顾盼中也流露出他的赞许。

"滔滔穿上妮娜嫌瘦的衣服，多合适！我区区的小袄，妮娜穿了不也稳稳地称身吗！她这样‘铅华淡淡妆成’，比她平日的浓妆不更大方吗！余太太，‘画眉深浅入时无?’不用‘笑问夫婿’，问我汪勃更在行！余先生不怪我狂妄吧?"

汪勃一张嘴像漏水的自来水龙头，滴滴答答不停地漏水。宾主间倒也不拘礼节地热闹起来。

一会儿范凡来了。汪勃抢着代宛英捧上茶，便跟着宛英同下厨房，把孙妈称为"大妈"，又用尊称的"您"，乐得孙妈一口一个汪先生，不知怎么巴结才好。汪勃确会帮忙。他很在行地替主妇装上拼盘，自己端出去，请大家就座，又给大家斟酒。他站着指点盘里的菜一一介绍。

宛英不知道自己是嫌恶汪勃，还是感谢他。他确会帮上一手，可是他不停嘴的废话，扰得她听不清客堂里宾主的高声谈话了。他们好像在谈论图书室的事。余楠朗朗地说："他！他怎么肯干图书室的事呢！他也太年轻些。这事还得傅今同志自己兼顾……"宛英不知"他"指谁，很为姚宓关心。

汪勃向余太太建议，两个热炒连着炒了一起上。他拉了宛英一同坐下喝酒吃菜。傅今不喝酒。范凡对主人一同举了举酒杯，笑说：

"余太太辛苦了！汪勃同志，你也辛苦了！"

汪勃扬着脸说："我呀，不但鼓吹男女平等，也实行男女平等。余先生大概是'大男子主义者'吧？"

施妮娜瞪了他一眼说："去你的！你就是'大男子主义者'！"

余楠一面请客人吃菜，一面以攻为守说：

"汪勃同志是'大女子主义者'！"

汪勃说："'大女子主义'我也反对！"他一面忙着吃，满口赞好，又转移目标，嬉皮赖脸对范凡说：

"范凡同志，您别生气啊，我看见您出门，您爱人抱着个包袱跟在后面。我说范凡同志还是'夫权至上'呢！"

范凡谦虚认错说："哎，我们农村里兴得这样。这是多年的老习惯了，一时改不过来。汪勃同志几时下乡去看看，农村里落后的地方还多着呢。"

江滔滔说："我和妮娜想参加土改去，范凡同志，我们先向您挂个号，等合适的时候下去。目前还得做好规划工作呢。"

汪勃喝了几杯酒，兴致愈高，废话愈多，大家杂乱地说笑。孙妈上了汤又端上四大菜，汪勃抢着为大家盛饭。

饭后，沏上新茶。范凡因为还要开个会，最先告辞。

施妮娜和江滔滔脸上都添了油光，唇上都退了颜色。

余楠忽然说："宛英，你不是说，要把你那支变色唇膏送给傅太太吗？那颜色可真是最合适不过的——哈，汪勃同志，瞧你啊,我可不是'大男子主义者',我为太太服务,我拿去!"他笑着走进里屋,傅今好奇地等着。

宛英傻呆呆地不知她哪来什么变色唇膏。她只管做她的主妇,为客人斟茶,又为妮娜点烟。一会儿余楠出来,向江滔滔献上一支口红。江滔滔刚接在手里,汪勃抢过去,看看牌子说:

"嗬!进口的名牌儿货!"他脱下口红的帽子一看,说:

"又是黄色,淡黄色!"

余楠得意说:"不,这是变色的,擦上嘴唇就变玫瑰色。"汪勃把口红交给江滔滔,问余楠要镜子。宛英忙去拿出一面镜子。汪勃双手捧着镜子,矮着身子,站在江滔滔面前问:

"自己会上吗?"

江滔滔娇羞怯怯地对着镜子听汪勃指导:

"先画上唇,涂浓些,对!上下唇对着抿一下,印下个印儿,对!照着印儿也涂上,浓些!"他拍手说:"好!好极了!果然是玫瑰色,比妮娜那支深红的还鲜艳。太美了!太美了!"

傅今显然也十分欣赏。

余楠说:"我内人早想把胭脂送与佳人,这回她如愿以偿了。"

宛英怪不好意思地站在一旁,不知怎么接口。

汪勃放下镜子说:"滔滔,你就笑纳了吧!我替大家谢谢余太太,因为抹口红的人看不见自己的嘴巴,欣赏的却是旁人——傅今同志,我这话没错吧?"妮娜瞟了他一眼说:"别尽疯疯癫癫的,看余太太笑话。"

宛英真不知汪勃是轻薄,还是疯疯癫癫。她只说:

"汪先生不见外,大家别拘束才好。"

江滔滔收下口红,谢了余太太。当晚宾主尽欢而散。

宛英料想口红是解放前余楠在上海买的。她很识趣,一字不问那支口红当初是为谁买的,只问余楠:"你刚才说谁不肯当图书室主任?"

余楠说:"我探探傅今的口气。图书室副主任已经定了施妮娜,可是正主任谁当呢?傅今说,他问过许彦成,许彦成推辞说没有资格。许彦成!他!他当然没有资格!当这个主任得懂行,中外古今的书籍都得熟悉。傅今当然也兼顾不了。这事只有我合适。"

"他请你了吗?"

"等着瞧吧,不请我请谁!"

宛英说:"你兼任啊?不太忙吗?"

余楠很有把握地笑着说:"能者不忙,忙者不能。许彦成准是嫌事情忙,官儿也不大。其实,官儿大小全看你怎么做呀。悄悄儿加上两个字,成立一个'图书资料室',规格不就高了吗!'图书资料室'正主任,下面有个副主任,再设个'秘书处',用上正副两秘书,日常的事就都有人管了。目前先有一个秘书也行。"

"谁当秘书呢?"

"瞧谁肯听指挥,肯做事。"

宛英心想:"为什么姚小姐不当主任呢?她是内行,管了好几年图书了,而且听说图书室的不少书都是她家捐献的。难道她还得让这个施妮娜来管她吗?"她暗打主意,一定要把这事告诉姚太太,别让姚宓吃亏。

第十二章

姚家钢琴和许家唱机交换的事，没过两天就照办了。傍晚姚宓下班回家，姚太太自己开着唱机在听音乐呢。

姚宓惊喜说："啊呀，妈妈，都搬完了？怎么我都没知道呀？"

"那位'犬子'办事可利索。他上午先来看定放唱机的地方，帮沈妈出清了这个柜子，挪在这里。下午就叫人来搬运钢琴。来了六个人，稳稳地抬到门口车上。随后他把唱机和唱片运来，帮我整理好，教了我怎么使用。这会儿他刚刚走。美人来打了一个'花胡哨'，接他一起走的。"

姚宓心里一动。杜丽琳是来监视丈夫吗？这完全是直觉。她总觉得杜丽琳对她有点心眼儿。不过这是毫无道理的感觉。姚宓第一次没把她的"福尔摩斯心得"拿出来和妈妈一同推理，只问妈妈为什么午饭的时候没把这事告诉她。

"你自己没看见柜子挪了地方呀！不过，也是那位'犬子'叫我瞒着你的。他说他是擅用工作时间，是违法行为，你那边办公室里都是耳目。"她转述许彦成的话,显然只当做笑话。她是存心给女儿一个意外之喜。她关上唱机,问女儿搬到研究室去完事没有。

姚宓说:"没什么搬的。图书室的钥匙交掉了。外文组的办公室是里外相通的两间,我们年轻人在外间工作。姜敏、善保、罗厚各人一个书桌,还剩下一只旧桌子是没主儿的。罗厚和陈善保把里面套间里最新的书桌搬过来换了旧桌子。姜敏说,那只新书桌是施妮娜的,抽屉里还有她一本俄文本的《共产党宣言》呢。罗厚和善保都说,她又不来上班,把组长的大书桌给她和江滔滔'排排坐'不更好吗! 他们就把她的书放在组长办公桌的抽屉里了。"

"你说什么了吗?"

"我只说,旧书桌一样,不用换。姜敏把她临窗的好位子让给我,我没要。"

她告诉妈妈,图书室调去两个新人。一个叫方芳,顶打扮,梳两橛小辫儿。还有一个叫肖虎,年纪大些,男的。

从此姚宓天天到办公室去上班了。她知道许彦成经常溜到她家去听音乐。她很有心眼,从不往家跑,尽管研究室里自由得很,不像在图书室不得空闲。反正她如要听音乐,回家后她妈妈会开给她听,她自己也学会了使用唱机。

姚宓预料得不错,她妈妈确是喜欢许彦成。最初她称"那位犬子",过两天就"彦成"长,"彦成"短,显然两人很相契了。这也很自然。两人有相同的爱好,很说得来。两人又都很寂寞。彦成喜欢姚太太能了解,能同情;姚太太喜欢彦成真率、坦白。他们往往听罢唱片,就围炉坐着说闲话。(他们都喜欢专心听音乐,不喜欢一面听一面说话。)每天姚宓回家,姚太太总有些关于彦成的新鲜事告诉女儿。短短几天之内,彦成的身世以及他目前的状况姚太太几乎都知道了。

她常笑说:"这不是福尔摩斯探出来的,这是当事人自己讲的。"不过她们往往从"当事人"自己讲的话里,又探索出"当事人"自己没讲的情况。譬如,姚太太谈了杜丽琳闰年求婚的故事,就说:"美人选丈夫是投资,股票市场上抢购'有出息'的股份。可是彦成大概不会承认。他把他的'美人'护得很紧,看来是个忠心的好丈夫。"姚宓却觉得许杜夫妇并不融洽。不过,她便在妈妈面前,也绝口不说这话。

姚宓自从在她爸爸藏书室里和许彦成一同理书之后,好多天没见到他,只是天天听她妈妈讲他。不知为什么,她心上怪想念的。接下的一个星期日,她独在藏书室里一面整理书,一面希望许彦成会闯来。他却没有来。姚宓觉得失望,又自觉可笑。转眼又是星期天了,她得把爸爸的遗书赶早登记完毕。她暗暗希望,这回许彦成该想到她了。真怪,许彦成好像知道她的希望,又在前廊来回踱步等待。

姚宓高兴地说:"许先生,好久没见你了。"

"我天天到你家去,总希望有一天看见你。"

姚宓笑说:"如果人家发现我们家开音乐会,只怕你就不能随意跑来了。"

彦成感激说:"真谢谢你想得周到——我今天想——我在希望,你星期天会到这儿来。"

"我也希望你今天会来。"姚宓说完自觉冒失,亏得彦成毫不理会,只说:

"我上星期天想来帮你,可是分身不开。你又来过吧?书登记得差不多了吗?"

姚宓说她上星期日一个人干的活儿不多,不过书也登记得差不多了。

两人进了藏书室,姚宓把窗户打开。彦成记起上次她打开窗户时,他见到笼罩着她的迷雾忽地消失,犹如在目前。这几天,他和姚太太经常会晤,增添了对姚宓的理解和关怀。他自己意识到,他对姚太太什么都讲,多少因为他愿意姚宓知道。有些事,自己是明白的,只是不愿深究,也不由自主。

他们理着书,彦成说:"姚宓,我想问你一句话,不知道你会不会生气。"

姚宓不知他要问什么,惊愕地看着他。

"伯母说,她毁了你的婚姻,是真的吗?"

姚宓眼睛看着鼻子,静默了好一会说:"许先生——"

"叫我彦成。"

"不,许先生。"她很固执,尽管许先生大不了她几岁,她不愿逾越这条界线。她说:"许先生,我很愿意跟你讲讲,听听你的判断。我妈妈和我从来没有争执。不过,她说毁了我的婚姻,就是她心上在为我惋惜。她总原谅我的未婚夫,好像是我负了他。我心上顶不舒服。我不承认自己有什么错。"

彦成说:"你讲,我一定公平判断。"

姚宓又沉默了一会才说:"妈妈都告诉你了吗?"

"伯母说,她和你爸爸五十双寿那年,你十五岁,比你的未婚夫小两岁,是吧?他跟着他父母来拜寿——故意来的吧?他家看中了你,你家也中意他。"

姚宓解释道:"我爸爸妈妈年纪都大了,忙着要给我订婚——我妈妈还说什么来着?"

"伯母说,那位少爷很文秀,是高材生,也是独生子——有两个姐姐都出嫁了。你们俩年貌相当,门户也相当,很现成地订了婚,常来往,也很亲密。"

姚宓说:"也相当客气,因为双方都是旧式家庭。"

彦成点头了解。他说:"所以他们家紧着要求结婚。"

姚宓轻轻叹了一声气:"我父亲还没去世的那年,他家提出等他毕业就结婚,我家提出再迟两年,等我也大学毕业。就在那年,抗战胜利的前夕,夏至前两天,我爸爸突然去世,我妈妈中风送进医院抢救。我的未婚夫当然来帮忙了。可是他什么忙也帮不上,因为我最艰难的是筹钱,我总不能向他们家开口要钱呀。他母亲要接我过去住。我也懂得些迷信,热孝里,不兴得上别人家的门。我只说,家里男女用人都还在,不能没个主人。那一段艰难的日子不去说它了。不久抗战胜利,我爸爸已经安葬,我妈妈已经脱险,我未婚夫已经大学毕业。他对我说,我妈妈没准儿还能拖上三年五年,甚至十年八年,叫我别死等了,还是早早结婚。我妈妈可以找个穷亲戚伺候。他说趁这时候出洋最方便,别错过机会。我不答应。"

"伯母也说了。"

姚宓说:"妈妈没有亲耳朵听见他说话的口气。我怕伤了妈妈的心,我没照样说——以下的事妈妈也说了吗?"

"伯母说,他硬逼着要和你结婚。"

"妈妈还是护着他。什么结婚!他卑鄙!"

彦成了解了几分,想了一想说:"他是未婚夫呀。"

姚宓犹有余愤。她要说什么，又制止了自己，慢慢儿绕到书架对面，才接着说：

"我家三个女佣人走了一个，另一个又由她女儿接去过夏，要等我妈妈出院再回来。伺候我的是门房的老婆。她每天饭后回到门口南屋里去歇午。我的未婚夫趁这时候就引诱我。我不懂事，不过我反感了，就不答应。他先是求，说的话很难听；接着是骂，话更难听；接着就威胁说，'你别后悔！要我的人多着呢！'再下去就要强迫我。我急了，抓起一把剪指甲的小剪子，我说：'我扎你！我铰你！'他就给我赶走了——我都告诉妈妈的。妈妈没说吧？"

"伯母说了点儿。"

姚宓气呼呼地接着说："第二天我没理他——我忙着许多事呢。第三天，我想想有点过意不去。我知道他是个娇少爷，爱面子，好胜，计较心很重。我怕自己过分了点儿。我就打了个电话给他，报告我妈妈的情况，一面请他别生气。他也请我原谅，随后又来看我。可是他还是想引诱我。我这回不糊涂了，立刻拒绝了他。他说，凭我对他的态度，分明是不爱他。我想到自己拿着把小剪子把他吓跑，简直想笑。可是，那时候在我面前威胁我的人是个完全陌生的人，完完全全是个陌生人。他说我不爱他，我觉得可能是真的。我只知道他是我的未婚夫，应当爱他，就没想过我是不是爱他。"

彦成默然听她说下去。

"他那天干脆对我说，我们该结婚了。明的不便，可以暗里结。我说，不能公然做的事，暗里也不做。我坚持妈妈病中我怎么也不离开她。他表示什么条件都可以依我，只要我依他这一个条件。他露骨地说：他要'现的'，不要'空头支票'。我觉得他的确是个陌生人。我们未婚夫妇之间，连起码的信义都没有。我就告诉他说：我们订婚的时候，双方家境相同，现在可大不相同了。我们的家产全卖了，连住房都押出去了。他先是不信，说绝不可能，准是账房欺我。我告诉他我已经请教过律师——罗厚的舅舅介绍的律师，很有名的。凭契约，抓不住账房的错。他就怪我爸爸糊涂。末了他说，那就更简单了，他又不贪图我的嫁妆，我们母女并到他家去就完了。我郑重告诉他，我和妈妈都不会叫他们家负担，我也没有力量出国。我们的婚事请他重作考虑。"

"他怎么呢？"

"他不肯干脆解约，可是一直坚持他的先决条件。我怎么能答应他呢！我妈妈当然也不能说我错，可是她总怪自己害了我。"

彦成问："他现在呢？"

"他不久就和一位很有钱、据说也还漂亮的小姐结了婚，同到美国去了。听说还在美国。妈妈说他伤透了心，假如我和他结婚，他大概会回来。这不是护着他吗？好像是我对他不起，好像是我太无情。"

彦成说："伯母绝不是怪你。谁也不能怪你。我想，伯母只是埋怨她自己。"

姚宓静默了一下，缓缓流下两行眼泪，忙偷偷儿抹了，半晌才说："大概你的话不错。我妈妈是娇养惯的，恨不得也娇养我一辈子。她也羡慕留洋，希望我能出国留学。其实，我要不是遭逢这许多不顺当的事，哪会一下子看透我那位未婚夫的人品呢？假如我嫁了他，即使不闹翻，也一辈子不会快活。妈妈很不必抱歉。"

许彦成脱口说："美满的婚姻是很少的，也许竟是没有的。"

"照你这话，就是我不该了。"

"不！不！不！不！不！"彦成急了。"你完全应该。我佩服你的明智。"

姚宓解释说："我讲这些不光彩的事，为的是要分辨个是非。不对的，就是不该的，就是坏的。对的，就是应该的，就是好的。不管我本人吃亏占便宜，只要我没有错，心上就舒服了。"

彦成不禁又笑又怜，他说："我认为你完全对——伯母也没有怪你不对。好，你该心上舒服了？"

姚宓舒了一口气说："谢谢你。"

彦成忍不住说："可是，你知道，许多人没有什么是非好坏，只凭自己做标准。"

姚宓猜想他指的是他妈妈，或者竟是"标准美人"。她不愿接谈，转过话题问："许先生，你那三个儿子呢？"

"都化为乌有了。我妈妈不好对付，可是也好对付。她信命。丽琳告诉她，我命里没有儿子——也许她们真的算过命。反正她就服命了。可是她把小丽惯得不像话，而且她的教育和丽琳各有一套。丽琳教小丽喝粥别出声。小丽说，奶奶说的，要呼噜噜地喝，越响越乖。现在孩子不肯上学，也不肯学琴。我堂姐能弹琴，家里有琴，小丽算是跟她学的。其实是胡说，她只会乱打。我现在把琴锁上，把钥匙藏了。奶奶说,让她乱打打也好,打出滋味来,就肯学了。我撒谎说钥匙丢了。上星期支吾过去。今天这会儿我算是出来找钥匙的。"

他们已经快要把书理完了。姚宓问许先生是不是先回去。彦成说:"奶奶跟小丽一样,眼前对付过去,事情就忘了。"他不忙着回去,只问姚宓研究计划订好没有。

姚宓说:"善保告诉我,计划都没用了,得重来,咱们要开组会呢。许先生没听说要开组会吗?"

"好像听说了,我没放在心上。"

姚宓忽然记起一件事:"许先生,是不是傅今同志请你当图书室主任,你不肯?"

"你怎么知道?"

"余太太来讲的。"

"我当然不肯。我和施妮娜一正一副做主任,我才不干呢! 余太太怎么知道呀?"

"我妈妈说,余楠在巴结傅今,想当正主任。"

"咱们开组会就为这个? 还是为计划?"

"当然为计划,还要分小组。余楠想当图书室主任是背地里的勾当,又不等咱们选举。"

彦成说:"最好咱们能分在一个小组里。"

姚宓说:"我也希望咱们能在一个小组里。我瞧你的计划怎么变,我也怎么变。我跟着你。"

两人都笑了。姚宓又想起一件新闻。

"余先生的女儿看中了善保,余太太向我妈妈打听他呢。"

"陈善保不是看中另外一个人吗?"

姚宓知道指的是她,只笑说:"善保是很可爱的,可是太单纯,太幼稚了,配个小姑娘正合适。我就怕和他分在一组,让余楠把他拉去吧。"

彦成说:"我告诉你,姚宓,分小组的时候,咱们得机灵着点儿。"

姚宓说:"一定!一定!"

"今天下午你在家吗?"

"我为这一屋子书,得去找王正谈谈。"

彦成说:"反正星期天我不到你家来。要来,我得和丽琳一起来。"

姚宓笑了:"许先生快回去吧!杜先生要到我们家来找你了。"

彦成果然匆匆走了。姚宓慢慢地关上窗,键上,又锁上门。她一面想:"刚才怎么把那些话都告诉许先生,合适吗?"

可是她得到许先生的赞许,觉得心上塌实了。

第二部

如匪浣衣

第 一 章

外文组的两间办公室离其他组的办公室略远些。善保、罗厚、姜敏、姚宓同在外间。里间有组长的大办公桌，有大大小小新旧不同的书桌，还有一只空空的大书橱。不过那几位职称较高或架子较大的研究人员并不坐班，都在家里工作，只有许彦成常去走走。傅今有他自己的办公室，从没到过外文组。姚宓趁姜敏不在，早已请善保和罗厚把施妮娜占用的新书桌搬回原处。他们为她换了一只半新的书桌，按姚宓的要求，把书桌挪在门口靠墙的角落里。

这天是第一次召开外文组的组会，里外两间的炉子都生得很旺。外间的四个人除了姜敏都早已到了。许彦成吃完早点就忙着准备早早到会，可是丽琳临出门忽记起朱千里的臭烟斗准熏得她一身烟臭。她换了一件旧大衣，又换上一件旧毛衣，估计办公室冷，又添一件背心。彦成等着她折腾，一面默念着他和姚宓的密约："咱们得机灵着点儿。""机灵"？怎么机灵呢？就是说：他们得尽量设法投在一个小组里，却不能让人知觉。他憬然意识到自己得机警,得小心,得遮掩。

他们夫妇到办公室还比别人早。罗厚、善保和他们招呼之后说:"许先生好久没来,我们这儿新添了人,您都不知道吧?"

彦成进门就看见了角落里的姚宓。他很"机灵",只回头向她遥遥一点头,忙着解释家里来了亲人,忙得一团糟。丽琳过去欢迎姚宓,问她怎么坐在角落里。姜敏恰好进来,接口说:"姚宓就爱躲在角落里。"姚宓只笑说:"我这里舒服,可以打瞌睡。"

他们大伙进里间去,各找个位子坐下。善保还带两把椅子,姚宓也带了自己的椅子。丽琳注意到彦成和姚宓彼此只是淡淡的。彦成并不和她说话,也不注意她,好像对她没多大兴趣。丽琳觉得过去是自己神经过敏了,自幸没有"点破他"。

余楠进门就满面春风地和许杜夫妇招呼,对其余众人只一眼带过。他挨着组长的大办公桌坐下。朱千里进门看见姚宓,笑道:"哟!我是听说姚小姐也来我们组了!今天是开欢迎会吧?"他看见丽琳旁边有个空座,就赶紧坐下。姚宓沉着脸一声不响。朱千里并不觉得讨了没趣,只顾追问:"来多久了?"

姚宓勉强说:"四五六天。"

余楠跷起拇指说:"概括得好!"

正说着,施妮娜和江滔滔姗姗同来。妮娜曾到组办公室来过,并占用了新书桌。彦成并不知道,看见两人进来,就大声阻止说:"我们开会呢!"

丽琳在他旁边,忙轻轻推了他两下。

彦成却不理会，瞧她们跑进来，并肩踞坐在组长的大办公桌前，不禁诧怪说："你们也是这一组？"

丽琳忙说："当然啊！外文组呀！"

朱千里叼着烟斗呵呵笑着说："一边倒嘛！苏联人不是外人，俄文也不是外文了！"

彦成不好意思了。他说："我以为苏联组跟我们组合不到一处。"

施妮娜咧着大红嘴——黄牙上都是玫瑰色口红——扭着头，妖媚地一笑，放软了声音说："分不开嘛！"她看看手表，又四周看了一眼，人都到齐了。她用笔杆敲着桌子说："现在开会。"

彦成瞪着眼。丽琳又悄悄推他两下。

妮娜接着说："傅今同志今天有事不能来，叫我代他主持这个会，我就传达几点领导的指示吧。"她掏出香烟，就近敬了余楠一支，划个火给余楠点上，自己也点上，深深吸了一口，两指夹着烟卷，喷出一阵浓烟。

朱千里拔出嘴里的烟斗，站了起来。他是个干干瘦瘦的小个子，坐着自觉渺小，所以站起来。他说："对不起，我有个问题。我是第一次来这儿开会，许多事还不大熟悉。我只知道傅今同志兼本组组长，还不知其他谁是谁呢？施妮娜同志是副组长吗？"

妮娜笑得更妖媚了。她说："朱先生，您请坐下——姚宓同志，你不用做记录。"

姚宓只静静地说："这是我自己的本子。"

罗厚的两道浓眉从"十点十分"变成"十点七分"，他睁大了眼睛说："领导的指示不让记吗？"

妮娜说："哎，我不过说，组里开会的记录，由组秘书负责。我这会儿传达的指示，是供同志们讨论的。"

陈善保是组秘书，他扬扬笔记本问："记不记？"

妮娜说："我这会儿的话是回答朱先生的，不用记——朱先生，咱们的社长是马任之同志，这个您总该知道吧？他是社长兼古典文学组组长。傅今同志是副社长兼外国文学组组长。现当代组和理论组各有组长一人，没有副组长。古典组人员没全，几个工作人员继续标点和注释古籍，纯是技术性的工作，说不上研究。以前王正同志领导这项工作，现在她另有高就，不在社里了。古典组开会，马任之同志如果不能到会，丁宝桂先生是召集人。我今天呢，就算是个临时召集人吧。"她停顿了一下，全组静静地听着。

她接着郑重地说："咱们这个组比较复杂。别的组都已经工作了一段时间了，只咱们组连工作计划还没定下来呢——各人的计划是定了，可是全组的还没统一起来。"

她弹去香烟头上的灰，吸了一口，用感叹调说："一技之长嘛，都可以为人民服务。可是，目的是为人民服务呀，不是为了发挥一技之长啊！比如有人的计划是研究马拉梅的什么《恶之花儿》。当然，马拉梅是有国际影响的大作家。可是《恶之花儿》嘛，这种小说不免是腐朽的吧？怎么为人民服务呢！——这话不是针对个人，我不想一一举例了。反正咱们组绝大部分是研究资本主义国家的文学。什么是可以吸收的精华，什么是应该批判的糟粕，得严加区别，不能兼收并蓄。干脆说吧，研究资产阶级的文学，必须有正确的立场观点，要有个纲领性的指导。你研究这个作家呀，他研究那个作家呀，一盘散沙，捏不成团，结不成果。咱们得借鉴苏联老大哥的先进经验，按照苏联的世界文学史，选出几个重点，组织人力——组织各位的专长吧，这就可以共同努力，拿出成果来。我这是传达领导核心小组的意见，供大家参考讨论。"

朱千里的计划是研究马拉梅的象征派诗和波德莱尔的《恶之花》。他捏着烟斗，鼻子里出冷气，嘟嘟囔囔说：

"马拉梅儿!《恶之花儿》! 小说儿! 小说儿!"

可是没人理会他。大家肃然听完这段传达，呆呆地看着妮娜吸烟。

余楠问："领导提了哪几个重点呢？"

江滔滔娇声细气地说："莎士比亚，巴尔扎克，狄更斯，勃朗特姐。"

彦成等了一等，问："完了？"

江滔滔说："咱们人力有限，得配合实际呀！"

彦成这时说话一点不结巴，追着问："苏联文学呢?"

施妮娜慢慢地捻灭烟头，慢慢地说："许先生甭着急，苏联文学是要单独成组的，可是人员不足，一时上还没成立，就和古典组一样，正在筹建呢。"

江滔滔加上一个很有文艺性的注释："苏联文学，目前就溶化在每项研究的重点里了。"

朱千里诧异说："怎么溶化呀?"

滔滔说："比如时代背景是什么性质的，资产阶级的上升时期和下落时期怎么划分，不能各说各的，得有个统一的正确的观点。"

许彦成"哦"了一声,声调显然有点儿怪。丽琳又轻轻推他一下。他不服气,闪过身子,歪着脑袋看着丽琳,好比质问她"推我干吗"?窘得丽琳低眼看着自己的鼻子,气都不敢出。

朱千里却接过口来:"就是说,都得按照苏联的观点。就是说,苏联的观点驾凌于各项研究之上。"

余楠纠正说:"不是驾凌,是供我们依傍——我觉得这样就有个纲领性的指导,很好。照滔滔同志的解释,我们就是取四个重点……"

妮娜说:"对!取四个重点。分四个小组。"

余楠赶紧说:"我想——我——就研究莎士比亚吧。陈善保同志做我的助手,怎么样?"

姜敏没想到余先生挑了善保没要她。她估计了一下情势,探索性地说:"我跟杜先生研究勃朗特,杜先生要我吗?"

杜丽琳乖觉地说:"好呀,咱俩一起。"

彦成暗暗得意。他从容说:"我就研究狄更斯了。"

罗厚欣然说:"我也狄更斯。"

姚宓急忙说:"我也是狄更斯。"

朱千里看着姚宓,取笑说:"假如你是狄更斯,我就是巴尔扎克了!"他指望逗人一笑。可是谁也没有闲情说笑。

施妮娜说:"姚宓同志,你懂法文,你做朱先生的助手——就这样:咱们成立四个小组,四位小组长,四个助手。以后凡是指导性的讨论,只要组长参加就行。"

姚宓着急说:"我不是法文专业,法文刚学呢。"

朱千里说:"我教你。"

妮娜说"专家是发挥专长,助手跟着学习。咱们好比师徒制吧,导师领导工作,徒弟从工作中提高业务。"

罗厚说:"我也懂点法文,我跟朱先生做徒弟。"

朱千里却说:"我的专业不是小说,我是研究诗歌戏剧的。"

妮娜卖弄学问说:"朱先生可以研究巴尔扎克的《人间喜剧》呀!"

朱千里使劲说:"我已经声明了,我的专业不是小说!我也懂英文,也研究过莎士比亚,我加入余楠同志的小组,做他的助手。"

江滔滔轻声嘟囔:"这不是捣乱吗?"

妮娜反问说:"那么巴尔扎克呢?总不能没有巴尔扎克呀!"

彦成忍不住说:"没有的还多着呢!且不提俄罗斯文学,不提德国文学、意大利文学,单讲法国英国文学,雨果呢?司汤达呢?福楼拜呢?莫里哀呢?拜伦、雪莱呢?斐尔丁呢?萨克雷呢?倒有个勃朗特!"

善保忍耐了一会,怯怯地说:"我水平低,莎士比亚太高深了,我——我——"

姜敏忙说:"我跟你换。"

丽琳笑说:"干脆取消了我们那个小组。我也跟余先生学习。"

余楠说:"我又不是莎士比亚专家!我向朱先生、杜先生学习。"

妮娜忙用笔杆敲着桌子说:"同志们,不要抱消极态度,请多提建设性的意见!"

朱千里说:"好啊!我建设!我女人——我爱人和我同在法国生活了十年,请她来做小组长,我向她学习!"

"您爱人是哪一位呀?"妮娜睁大了她那双似嗔非嗔的眼睛。

"她不过是个家庭妇女,无名无姓。"

江滔滔气愤说:"这不是侮辱女性吗?"

罗厚乘机说:"该吃饭了,建议散会,下午再开。"

妮娜看看手表,确已过了午时。她把刚点上的烟深深吸了两口,款款地站起来说:"咱们今天的会开得非常成功,同志们都畅所欲言,表达了各自的意见。我一定都向领导汇报。现在散会。"

"下午还开吗?"许多人问。

"对不起,我不是领导。"她似嗔非嗔地笑着,一手夹着烟卷,一手护着江滔滔,让近门的人先退。

第 二 章

姚宓午后到办公室,不见一人。里间的窗户大开着,不知谁开了没关。烟味倒是散了,大炉子已经半灭。姚宓关上窗,又关了分隔里外室的门,自幸善保和罗厚都不抽烟——至少在办公室不抽。

一会儿罗厚跑来,先向里屋看看,又看看门外,然后很神秘地告诉姚宓:"他们开秘密会议呢。"

"他们谁?"

"老河马一帮——包括善保,上海小丫头,当然还有余大诗人。"

"许先生、杜先生呢?"

"没有他们。我在侦察,你知道吗,那老河马……"

姚宓打断他说:"罗厚,你说话得小心点儿。什么老河马呀,小丫头呀,你说溜了嘴就糟了。"

罗厚不听她的训斥,笑嘻嘻地说:"我不过这会儿跟你说说。你自己对朱先生也够不客气的。"

姚宓苦着脸："把我分在他手下，多别扭啊！"

"放心，"罗厚拍胸脯说，"我一定跟你对换，我保证。"

姚宓信得过罗厚，不过事情由得他吗？

姚宓说："朱千里的臭烟斗就够你受的。"

罗厚一本正经说："我告诉你吧，朱千里的学问比余楠好多着呢。他写过上下两大册法国文学史——也许没出版，反正写过，他教学当讲义用。他娶过法国老婆，法文总不错吧；在法国留学十来年，是巴黎大学的博士——大概是，因为他常恨自己不是国家博士，他瞧不起大学的博士。他回国当教授都不知多少年了。"罗厚自诩消息灵通，知道谁是谁。

"他夫人是法国人？没听说过呀。"

"他的法国夫人没来中国。现在的夫人还年轻，是家庭妇女。他家的宿舍紧挨着职工宿舍。听他们街坊说，那位夫人可厉害，朱先生在家动不动罚跪，还吃耳光，夫人还会骂街。"

"当小组长得会骂街吗？"

"咳，朱千里是故意损那老河马——该死该死，我真是说溜了嘴了。我说，朱先生刚才是故意捣乱，你不明白吗？他意思是老河马——妮娜女士不过是家庭妇女之流。朱千里认为自己应该当副组长。"

罗厚坐不定，起身说："我溜了，打听了消息再来报告。"

罗厚不爱用功。他做学生的时候有个绝招，专能揣摩什么老师出什么考题，同班听信他的总得好分数。他自己却只求及格。他的零用钱特多，他又爱做"及时雨"，所以朋友到处都是。在研究社里他也是群众喜爱的。他知道的消息比谁都多。

姚宓一人坐着看书——其实她只是对着书本发呆。因为总有个影子浮上书面,掩盖了字句,驱之不散,拂之不去,像水面上的影子,打碎了又抖呀抖的抟成原形。姚宓觉得烦躁。她以前从没有为她的未婚夫看不进书。她干脆把椅背斜靠在墙上,暂充躺椅,躺着合上眼,东想西想。

也许她不该对他讲那些旧事。可是他也不该问呀。不过,他好像并没有嫌她,也没有瞧不起她。他不是还嘱咐她得机灵着点儿,争取同在一个小组吗!他为什么对她那么冷淡呢?准是他后悔了,觉得应该对她保持相当的距离。

姚宓忽然张开眼睛。她不该忘了人家是结了婚的!她可不能做傻瓜,也不能对不起杜丽琳。

她对自己说:"该记着!该记着!"可是她看了一会书又放下了。书里字面上的影子还像水面上的影子,打不破,驱不开。

许彦成对姚宓的冷淡也许过分了些。别人并不在意。杜丽琳先是受了蒙骗,可是她后来就纳闷:彦成对姚宓向来那么袒护,怎么忽然变得漠不关心似的?做妻子的还没有"点破他"呢,他已经在遮遮掩掩了?

彦成下午四点左右照例又出门去。他只对丽琳说:"我出去走走。"丽琳料想他又是到姚家去。彦成回来照例到他的"狗窝"里去用功,并不说明到了哪里,干了什么。丽琳曾经问过,他只说:"到姚家去了",此外就没有别的话。丽琳自觉没趣。他既然不说,她也争气不问,只留意他是往姚家的方向跑。她想姚宓在图书室呢,不会回家。这次开组会,丽琳才知道姚宓已调入研究组。她急切要知道姚宓是否下午回家;究竟是她自己多心,还是彦成做假。她等彦成出门,就跑到办公室去。

姚宓听见轻轻的脚步声,以为是姜敏回来了。她张眼看见杜丽琳,忙起身摆正了椅子,问杜先生找谁。

丽琳说:"问问几时开会。"

"还没通知呢。"

"就你一人上班?"

"只罗厚来了一下,又走了。"

丽琳掇一只椅子坐下,道歉说:"我打扰你了。"

"哪里!"姚宓笑着说:"我在做个试验,椅子这么靠着墙,可以充躺椅。"

丽琳很关心地说:"干吗不回家去歇歇呀?"

姚宓心里一亮,想:"哦!她是来侦察我的!"她很诚恳地回答说:"我上班的时间从不回家,养成习惯了。当然,在这里比在图书室自由些,可是家里我妈妈保不定有客人,在家工作不方便。我要是工作时间回家,妈妈准会吓一跳,以为我病了呢。"

丽琳指着三个空座儿问:"他们都像你这么认真坐班吗?"

"平常都来,今天他们有事。"

丽琳正要站起来,忽见姚宓无意间掀起的一角制服下露出华丽的锦缎。她不客气伸手掀开制服,里面是五彩织锦的缎袄,再掀起衣角,看见红绸里子半掩着极好的灰背,不禁赞叹说:"真美呀!你就穿在里面?"

姚宓不好意思,忙把制服掀好,笑说:"从前的旧衣服,现在没法儿穿了。"

丽琳是个做家的人,忍不住说:"多可惜!你衬件毛衣,不经磨得多吗?"

姚宓老实承认不会打毛衣。

"你这制服也是定做的吧?"

姚宓说,她有个老裁缝,老了,肯给老主顾做做活。她瞧杜先生不想动身,怕她再深入检查,就找话说:

"杜先生,您家来了老太太和小妹,不搅扰您吗?"

"走了!昨天下午走的。我们老太太就像一阵旋风,忽然的来了,忽然的又走了。我想把小丽留下,可是孩子怎么也不肯。"她叹了一口气。

"反正天津近,来往方便。"

"谁知道呀!"丽琳又叹了一口气。"家家都有一本难念的经。我们的老太太是个'绝'。就拿钢琴的事儿说吧,我打算给小丽买一架。老太太说:'现成有,何必别处去买呢?'简直'你的就是我的'。她忽然想来,信都没有一封,马上就来了。我只好让彦成睡在他的小书房里(姚宓从妈妈处知道那是彦成的"狗窝")。我们卧房里是一对大中床。我让老太太睡在我对床,让小丽跟我睡。可是孩子硬是要跟奶奶睡,而且要睡一个被窝。床又软,老的小的滚在一堆,都嫌垫子太厚。我想把我的书房给老太太布置一间卧房。她老人家一定要买一张旧式的大床——你知道,那种四个柱子带个床顶还有抽屉的床。哪儿去找啊?我说是不是把她天津的大床运来。老太太说她住不惯北京;她天津的房子大,北京的房子太小。昨天小丽嘴角长口疮,她说是受热了。说走就走,一天也没留。我想把小丽留下,孩子怎么也不肯。她只认奶奶,爸爸妈妈都不认。奶奶对儿子是没一句话肯听的,对小丽却是千依百顺。"丽琳长叹一声说:"真没办法。孩子是我的,惯坏了还是我的孩子呀!"她克制了自己,道歉说:"对不起,尽说些啰嗦事,你听着都不耐烦吧?"

姚宓安慰她说:"孩子上了学会好。"

"彦成也这么说。他——他并不怎么在乎,只担心他妈妈回天津又去麻烦他的伯母。可是我——哎,我想孩子!"她眼里汪出泪来,擦着眼睛说:"我该走了。"

姚宓十分同情,正不知用什么话来安慰,丽琳已站起身,晃一晃披肩的长发,强笑说:

"我觉得女人最可笑也最可怜,结了婚就摆脱不了自己的家庭,一心只惦着孩子,惦着丈夫。男人——"她鼻子里似冷笑非冷笑地哼了一声,"男人好像并不这样。"她撇下这句话,向姚宓一挥手,转身走了,让姚宓自去细细品味她的"临去秋波那一转"。

杜丽琳那天临睡,有意无意地对彦成说:"你那位姚小姐可真是够奢侈的,织锦缎面的灰背袄,罩在制服下面家常穿。"

彦成一时上有好几句话要冲口而出。一是抗议姚小姐不是他的。二是要问问她几时看见了姚小姐制服下面的锦缎袄。三是姚小姐从前的衣服想必讲究,现有的衣服为什么不穿呢?四是穿旧衣不做新衣,也不算奢侈。可是他忍住没有开口。他好像是没有听见,又好像是不感兴趣,只心中转念:"丽琳准是又到办公室去了。去干吗?去侦察!不然为什么不说?"

丽琳低声自言自语:"毛衣都不会打。"

彦成又有话要冲口而出。他想说:"她早上有早课,晚上有晚课,白天要上班,哪来工夫打毛衣!"可是他仍然没做声,只是听了丽琳的末一句话,坐实了他的猜想:丽琳确是又到办公室去过。

丽琳也不多说了。彦成难道没听见她说话吗?他分明是不肯和她谈论姚宓。他和姚宓中间有点儿共同的什么,而她却是外人。

第 三 章

　　范凡承认自己对知识分子认识不深,不知应该怎么对待。所以这方面他完全依赖傅今了。傅今觉得评比知识分子不是易事,他们互有短长。就拿外文组的几位专家来说吧。论资历,余楠是反动政客的笔杆子,杂牌大学毕业,在美国留学不到两年,回国也是在杂牌大学教书。他补交的那份履历上填的是美国某校毕业,没说有学位。许彦成虽然也没有洋学位,却是国内名牌大学毕业的,傅今熟知他学生时期的才名。他曾在英国伦敦大学进修,伦敦大学是谁都知道的呀。而且他和美国学者、英国学者同出过书。回国后,他母校曾敦请他回校当教授。年纪虽轻,资格可不弱。杜丽琳呢,有两个响当当的洋学位呢。她家客厅里不挂着两张镶镜框的英文证书吗!一张学士证书,一张硕士证书,上面都有照片,可谓货真价实。夫妇俩都曾留学多年。至于朱千里,他是伪大学的教授,留学的年份更长,不知是法国什么大学的博士。博士当然比硕士又高,伪大学也不比杂牌大学差,他回国已当了多年教授。究竟谁高谁下,也许该看他们的"政治"了。那么,许彦成杜丽琳是投奔光明回来的,当然该数第一。可是论表现,谁比得过余楠呢?也数他最"靠拢"。最糟的是朱千里,觉悟不高,尽说怪话,说话着三不着两。他爱人压根儿没有文化,是家庭妇女。傅今听了外文组开会的汇报,觉得朱千里要他爱人当小组长的话很可能是挖苦施妮娜,因为妮娜在外国并没有学历,不过跟着从前的丈夫出国当太太罢了。好在"同等学力"的说法,不是他傅今提出来的。妮娜确也有她的才干。至于滔滔,她是女作家,以她的才华,在现当代组自有地位,只因为她是自己的爱人,他还有意压低了她的级别呢。反正目前且让大家发展专长,对他们注意平衡就是了。不过话又说回来,求得平衡,不是容易。这天傅今听过汇报,请来几个平日"靠拢"的人在自己家里随便谈谈,摸摸群众的底。

姜敏义愤填膺地说:"朱先生太不应该了!"她忽又咽住,鼓着嘴,气呼呼的,像小孩儿受了委屈。

傅今说:"随便讲呀。"

余楠说:"我同意姜敏同志的看法。"

姜敏垂着睫毛,瞄了他一眼,好像是壮了胆。她赌气似的说:"我觉得他是存心找碴儿。不能人人都是法国文学专家呀!波德莱尔的《恶之花》,不能要求人人都读过呀!把《恶之花》说成小说,也没什么相干,反正是腐朽的嘛!"

妮娜装作不介意,笑问:"我说了那是小说吗?我好像没说啊!"

余楠忙说:"没有,我没听说。"

善保说:"您把朱先生计划上的两个人并成了一个。"

妮娜不认账，反问："是吗？我准是说急了。"

余楠说："我记得你有一句话说得顶俏皮。朱千里自称戏剧专家，你就指出巴尔扎克的小说是《人间喜剧》。"

可是余楠这下马屁也拍在痛疮上了。妮娜没想到《人间喜剧》倒是小说，只好假装故意说了俏皮话，一笑不答。

善保很老实地又补上一句："该是勃朗特姐妹吧？滔滔同志只说了一个姐。"

余楠说："也对呀，咱们要的是姐，没要妹。"

没人接口，大家静默了一会。

傅今说："常识性的错误，得尽量避免。妮娜，你应当仔细对照各人原定的计划，写下底稿。拿不稳的先请教专家。"

妮娜说："我有稿子，只是没有照念。讲的时候也许脱落了字句。"

滔滔咕嘟着嘴说："我是照着念的，可是稿子上的字不清楚。"

妮娜说："我们苏联组的人力太薄弱了。"

余楠好像经过一番深思熟虑，沉着地说："依我看，苏联组虽然还没有独立，目前，单为了在我们组里起领导作用，任务就不轻。将来小组交出来的成果，只能是半成品，也许不过是一堆杂乱的资料，得她们两位加工重写，再交傅今同志总其成。这份工作太庞大些。"他叹了一声说："可惜我不通俄语。不然，我倒是出了名的快手。以前我一个人主办一个刊物，缺什么稿子，我一气化三清，用几个笔名全部包了！要多少字，有多少字！"

妮娜说："余先生到我们组里来帮一手吧。姜敏，你也可以来。"

姜敏说:"我正要学俄语呢,善保也想学。"

余楠不服老,忙说:"我也想呀!"

姜敏说,大学里正在开办俄语速成班,她有朋友在大学里当助教,她可以弄到教材。她说,他们还可以请妮娜同志当老师呢。

妮娜忙笑着摆手说:"你问我高深的倒好讲,初级的我可不会教。不信,问傅今同志吧。比如请大学教师去教小学一年的语文:'羊'、'大羊'、'小羊'、'大羊跑'、'小羊跑',一个字两个字就是一堂课,大学教授也不能对付呀!初学再加速成,那就更是专门的学问了。不过,不要紧,我爱人也进过俄语速成班,他懂。"

姜敏自愿担任班长,负责弄教材,议定每天在余家学习,有问题请妮娜的爱人来指导。他们越谈越认真,只傅今默不作声。因为他已经请余楠当了图书室主任,觉得不能太倒向一边。况且许杜夫妇究竟是他邀请来的。

过一天,他和范凡商谈之后,特到许彦成家访问,听取意见。傅今向许彦成杜丽琳委婉解释:四个小组里,杜丽琳的小组不是重点;两夫妇如果各踞一重点,力量太偏重,或许会导致旁人不满。许杜夫妇都表示赞成。傅今又亲自去拜访了朱千里,看见他住处偏远简陋,很过意不去,说以后得为他们调整。朱千里生活很简朴,倒并不计较房子。傅今亲来看望慰问,足见重视和关怀。他受宠若惊,一下子变得绵羊一般驯顺。傅今说,四个小组是并重的,巴尔扎克非但不输莎士比亚,还更有现实意义。朱千里很爽气地说,他没有意见,一切听从领导的安排。

原先的四个小组依然如旧,四个助手却略有更动。余楠还是要善保做助手。傅今不知他是相中了女婿,只以为他拘谨,不要女助手,当然一口答应。他对善保说:"你是培养的对象,该知难而进,不能畏难退缩。"善保很想跟许彦成,可是他只好乖乖地服从。罗厚已向范凡反映:朱太太是有名的醋罐子,家里来了女客,朱先生得罚跪,还保不定吃耳光。如果叫姚宓做朱先生的助手,准引起家庭风波。范凡告诉了傅今。他们认为罗厚的态度不错。他不计较自己是研究院毕业生,服服帖帖当学徒,只为顾全大局,愿和姚宓对换导师,当然完全同意。傅今拜访朱千里的时候,就顺带说起,让罗厚做他的助手,因为朱先生住得远,组里有什么通知,或是朱先生要借书还书,有个小伙子为他跑跑腿,比较方便。朱千里也很乐意,事情就这么安排停当了。

傅今召开了组会。他安排工作的时候,只杜丽琳提出一点修补意见。她说,勃朗特作品不多,也不如狄更斯重要,她的小组算个附属小组吧。傅今说:"两组都研究英文小说,算姊妹组吧,可分可合。"朱千里笑说:"姊妹有大小,夫妻却平等,妻者,齐也。该称夫妻组。"余楠敷衍性地笑了一声。傅今却不爱说笑,只一本正经说:"随你们自己结合吧。"

姚宓和许彦成当初只怕不能同在一个小组里,如今恰恰两人一小组,私下都不喜而惧,一致赞成两组合并。丽琳要求做附属小组当然有她的缘故,彦成和姚宓不约而同,都有相同的理解。另一方面,丽琳也怕驾驭不了姜敏。姜敏不愿意单独和杜丽琳拴在一起,却也不想单独和许彦成同一小组,因为许彦成对她从来不敷衍。所以两小组合并,四人都由衷赞成。怎么结合,当时没有细谈。

第 四 章

　　许杜夫妇早上到组办公室去找姜敏和姚宓开了一个小会。两位导师开了必读的书和参考书单，商谈怎么进行研究，怎么分工等等，谈完就散会了。姜敏把两张书单都抢在手里，亲亲热热地送杜丽琳出门。许彦成知道自己处于严密监视之下，保持"机灵"，对姚宓很冷淡，一散会就起身走了。姚宓牢记着她对自己的警戒，只站起身等候导师退出，并没敢送。她等了一会不见姜敏回来，猜想她或是送导师回家了。

　　自从分设了小组，善保常给余楠召回家去指导工作。罗厚呢，经常迟到。他这天过了十点才到办公室，看见屋里静悄悄地，只姚宓一人在那儿看书。他进屋说：

　　"嘿！姚宓！"

　　姚宓抬头说："你这会儿才来呀？"

　　罗厚不答，只问："他们呢？"

　　姚宓说："善保大概在余先生家。我们两个小组刚开完小组会，姜敏大概送他们回家了。我在这儿替你看书呢。"她曾答应替罗厚读一本巴尔扎克的小说，并代做笔记。

"不用了，姚宓。朱老头儿对我讲，我什么都不用干，他有现成的货。满满的好几抽屉呢，要什么有什么！"

"他就这样推你出门吗？"

"哪里！老头儿人顶好，像小孩子一样，经不起我轻轻几下马屁，就给拍上了，把私房话都告诉我了——抽屉里的现成货是秘密，你可不能说出去。"

姚宓笑问马屁怎么个拍法。

罗厚说："妙不可言，等有空再谈。咱们这会儿有要紧事呢——我问你，你爸爸藏书室有个后门，钥匙在你手里吗？"

"那扇门早用木板钉死了。"

"木板可以撬开呀。我只问你钥匙。"

姚宓说，钥匙在她手里。

罗厚叮嘱说："你回家去把钥匙找出来，交给伯母，我会去拿。大院东侧门的钥匙我记得你有两个呢，也给我一个。"

他告诉姚宓，捐赠藏书的事已经和某图书馆谈妥。他手里虽然有书单，还得带人去估计一下：那一屋子书得用多少箱子装，去几辆卡车，得多少人搬运。他说，卡车可以停在大院东侧的门外，书从藏书室的后门出去，免得兴师动众。他打算一次搬完。两只大书橱留下，书架子他已经约定卖给一个中学了。

姚宓说："还有我自己留的一堆书呢。"

罗厚说："知道！你不是说，都堆在沿墙地下吗？我把那两个书橱给你留下，装你的那些书。问题是你家那间乱七八糟的小书房怎么布置？得预先挪出地方搁那两个大书橱——

你懂吗？书橱得先进去，不然，就挤不进了。"

姚宓为难说："满屋子都是土，沈妈老也不去收拾。"

罗厚很爽气地说："得，你甭管了，我找人去收拾。不过书怎么整理，得你自己，我可是外行。"

姚宓笑说："当然我自己来，不成还叫你整理！"

罗厚说："你都甭管了，照常上你的班。反正你帮不了忙，我也误不了事。我这里面有一条妙计——闪电计！别让上海丫头知道了去报告老河马。"

"这又不是瞒人的事，也瞒不了呀。"

"哼！老河马准在算计那一屋子书呢！我就给她一个出其不备！——还有一句话，舅舅叫我转达的：给你们钱，别说不要。"

姚宓郑重声明："书是捐赠的，妈妈绝不肯拿钱。"

"给的不是书价，有别的名目，反正你们收下就完了。我警告你，姚宓，你以后得多吃鸡鸭鱼肉，你再瘦下去，就变成鬼了。你太抠门儿，你在省钱给妈妈买补药。"

"你胡说。"

"我才不胡说呢！我告诉你，这么办正好叫老河马没话可说，不能埋怨你不把书留给本单位。哼！给重价收买了！家里穷！要钱！怎么着！"

姚宓忍笑说："你把我当做老河马，练习吵架吗？"

罗厚昂然说："练习吵架，不怕！即使当面是真的老河马，我也绝不会动手打她。"

他回身要走，姚宓叫住了问他朱千里是否真的什么都不要他干。

罗厚说："当然真的。"

姚宓说："那么，我替你看的书就不用做笔记了，我自己看着玩儿了。不过，我问你，你是怎么拍上他的？"

"咳，没做坏事，不过帮他捣鬼，瞒着他夫人为他汇了些钱给他乡下的外甥——他瞒着夫人在赚稿费。这都是秘密。"他不肯多说，忙着走了。

姚宓等着姜敏回来，她想看看书单。可是直到吃饭，姜敏没有回办公室。

姚宓回家找出钥匙，向妈妈转述了罗厚的话。姚太太接过钥匙，放在镜台上，慢慢地说：

"刚才郁好文来，说姜敏借了许许多多书，施妮娜说研究用的书没有限制，她们把书不知藏在哪里了，没见姜敏拿出去一本书，只听见她们说占有资料，取得主动，小组里露一手，她又听见施妮娜反复叮嘱方芳：'只说没有书，没有！就完了。'她说她们大概是对付你的。"

姚太太知道他们四个人的两小组，姚宓回家都向妈妈讲过。这时她吩咐女儿且别到图书室去讨没趣。

这天下午，罗厚跑来和姚太太商谈搬运藏书的事。恰好许彦成也来了。他和彦成是很相投的。上次许家搬运钢琴，姚太太事后知道就是罗厚帮彦成找的人。姚太太就对彦成讲了郁好文透露的消息。罗厚怒得竖起他的"十点十分"，摩拳擦掌。

彦成笑对罗厚说："不用你打架的，我自有办法。"

办法很简单。他说，如此这般，把小组里需要的书集中在组办公室里。三人一商议，觉得没有问题。姚太太就和罗厚继续商谈搬运那一屋子书的事。

罗厚把拳头在自己膝盖上猛捶一下说:"我觉得更得'闪电'! 我准备半天搬完!"

彦成说:"办不到。"

罗厚瞪着眼说:"我跟你打赌! 赌脑袋!"

姚太太责备似的看了他一眼,低声说:"罗厚!"

罗厚忙两手打拱说:"对不起,许先生,我说急了。不过,伯母放心,打赌,不是打人。"

姚太太也说办不到,而且没有必要。

罗厚又气又急,又不敢得罪姚伯母。他忍耐了一下说:

"伯母,善本、孤本,拿到手就有利可图,想占便宜的坏人多着呢。还有更坏的人,自己占不到便宜,捣捣乱,制造点儿麻烦他也高兴。公家是糊里糊涂的。你偷了他的,他也不知道,知道了也不心痛;越是白送的他越不当一回事。要办事,就得抓紧,得快!"

彦成说:"可是半天怎么行呢?"

罗厚很内行地说:"得有办法呀! 要有准备,要有安排,最要紧是得力的人手。"

他有得力的人手。他待人慷慨,人家愿意为他效劳。他也懂得"重赏之下,必有勇夫",从不惜小费。

他解释说:"成套的书都带书箱,好书都有书套。散的装木箱或纸箱,硬面的或是不怕挤压的可以装麻袋。我带人去估计现场,不会空着手去傻看。"姚太太说:"反正由你全权办理。"

罗厚得意说:"好,我组织三路大军,三路进军。一路是主力,搬书;二路是把书架子运走;三路是把书橱和剩下的一些书悄悄儿搬往您家,谁也不让知道。"

姚太太说:"又不是偷!"

罗厚认真说:"可是人家知道了,就要来利用了。书啊!不能独占啊!得让大家利用啊!好!从此多事了。你借,我借,他又转借,借了不还,或者丢了——干脆悄悄儿藏着吧。"

姚太太说:"干脆也交公,交给图书室。"

罗厚着急说:"不行!都交给老河马?让她占有?那是许先生给姚宓挑出来的。"

彦成说:"谁家没有几本书,藏着就完了,不张扬也对。"

姚太太说:"好,罗厚,都照你说的办。"

罗厚说他马上找人来收拾姚宓的小书房;又问那间书房别人知道不知道。

"什么书房!只不过是一间储藏室罢了。"姚太太隔窗指点着小院对面的屋子,问许彦成:"那间房,看见吗?"

彦成说:"没注意过。"

罗厚得意说,只有他知道。他拉彦成一起去看看将来书橱放在哪里合适。小书房挨近大门口,要经过一个长圆形的墙门洞。洞门后面堆着些什物:不用的火炉子,烟筒管,大大小小带泥的花盆之类。走过去还要上五六级台阶,才是一扇旧门,门上虚锁着铁锈的大锁。姚太太行走不便,从没进去过,只吩咐沈妈经常去打扫屋子,擦擦玻璃。天气冷,沈妈已多时不去打扫。屋里寒气逼人,灰尘扑鼻。他们看了一下,罗厚指点着说:"书橱这么搁。"彦成也同意,两人商量了一番,就忙着出来。

他们回到姚太太的客堂里，彦成不及和姚太太同听音乐，就要和罗厚同去办交涉，把研究资料集中在组办公室里。

罗厚临走对姚太太说："伯母，您瞧啊，做研究工作也得打架，而且得挖空心思打！"

姚太太笑说："好吧！打吧。"她把藏书室后门的钥匙和东侧门的钥匙都交给罗厚，重又说："告诉你舅舅，钱，我们是不领的。就算是愚忠，我们反正愚忠到底了。书架子随你去卖。"她看着罗厚不服气的脸，抚慰说："你放心，罗厚，伙食是我管的，没克扣阿宓。"

罗厚心里嘀咕："这姚宓！她什么话都给我捅出来！"他嘴里却忙着辩解："我不是这个意思！不过，伯母，我还是不赞成您的愚忠。公家只是个抽象的词，谁是公家？哼！"他不敢说下去，怕挨训，只妩媚地一笑说："我是不懂公德的！"

姚太太不和他多说，只赶他说："去吧，打架去吧！"

罗厚披上大衣，很有把握地说："伯母，您等着瞧，我们一定胜利。"许彦成已经穿上大衣，围上围巾，戴上手套，站在一边等着罗厚。他心上却不像罗厚那么拿得稳。

第 五 章

许彦成想的办法的确很简便。他叫罗厚代表朱千里,随同他和杜丽琳去找傅今,建议为了工作方便,把研究用的书籍集中在组办公室里,那儿现成有空着的书橱。罗厚拍胸脯担保他能代表朱千里,而且他知道傅今什么时候在家。他们商定,如果江滔滔在家,让杜丽琳和她敷衍,稳住她,彦成就和傅今谈公事。

恰是天从人愿,他们三个跑到傅家,正好傅今在家,江滔滔却不在。他们三言两语就把事情讲明。彦成建议让罗厚到隔邻余家去把余楠请来,四小组一起商谈。

余楠完全同意他们三组的建议,不过他说,组办公室的书橱搁不下那么许多书,他那个小组的书不妨搁在他家的书橱里。(因为图书室新到一部版本最好的莎士比亚全集。他来北京的时候,把家里大部分的书都处理了,带来的不多,宛英买的书橱还空落落的,正需要几部装潢精美的名著装点门面。)

他说:"由我负责保管就是了。"

彦成迟疑说:"不方便吧?"他指的当然是对别人不方便。

余楠却慷慨地表示他不怕"不方便"。他说:"没关系!我多点儿事不要紧。"他说:"谁要看,到我家来看得了。况且莎士比亚不止一套,图书室有几个版本呢。"

傅今说:"社里添置了好些书橱和书架;办公室里的书橱不够用,可以取用。"

余楠连说不必,他家有书橱。"书由我保管,我们小组使用也方便。"

罗厚竖起他的"十点十分",等着听傅今怎么说。他瞧傅今并不反对,好像是默许了,不免心头火起,故意问道:

"巴尔扎克都搬到朱先生家里去吗?"

傅今说:"书太分散,不好。"

余楠只图把他要的莎士比亚放在自己家里,并不主张把巴尔扎克送到朱千里家去,所以附和说:

"他家也没处放吧? 又住得那么远。"

罗厚露骨地说:"朱先生不会要把公家的书藏在自己家里的。"

余楠好像一点不觉得罗厚话中有刺,或许感到而满不理会,认为不值得理会。因为他知道罗厚全家逃亡,料想他出身不好;他又不像别的年轻人积极要求进步,只是吊儿郎当,自行其是,而且愣头愣脑。余楠对年轻人一般都很敷衍,对罗厚只大大咧咧地说:

"负责保管公家的书,够麻烦的,而且责任重大。"凭他的口气,他还是为人民服务呢!

傅今那晚还要出去开会,他们不多耽搁,谈完公事一起辞出。余楠近在隔邻，大家顺道送他回家。

罗厚气愤愤地说："图书资料室主任倒是自己方便，也与人方便。"

彦成叹口气说："咱们总算达到目的了。"

丽琳只诧怪说："那江滔滔晚饭也不回家吃吗？"

罗厚说："准在老河马家呢。太好了！太好了！我只怕她在家，准两个一起在家，咱们今天就没这么顺利了。"

第二天早上，许彦成和杜丽琳同到办公室，正好四个助手都已到齐，罗厚刚到朱千里家去跑了一趟赶来。姚宓为杜丽琳搬了个椅子，丽琳说声谢谢就坐下了。彦成却不愿坐姜敏为他搬的椅子，善保同时也为他搬了个椅子，他倒不好意思坐了。他站在炉边，两手捧着烟筒管，从容说：

"昨天，我们……"

他刚说了这四个字，忽见余楠气喘吁吁撞进办公室，连说："对不起，对不起，我来迟了！"他指指空椅子请彦成坐下。这姿态带些命令的意思，彦成傻乎乎地坐下了。余楠就站在彦成站的地方，两手也捧着烟筒管儿，咳嗽两声说：

"昨天，我们四个小组在傅今同志家开了一个小会。我们图书资料室为了保证研究工作的顺利进行，制定了一些规章。今天我来向大家宣布一下。"

彦成夫妇和罗厚都以为事情又有变卦。可是余楠宣布的只是昨天商定的办法。彦成恍然明白余楠只是来抢做主席，以图书资料室主任的身份来执行他的任务。他感到意外的高兴。觉得真是罗厚所说的"太好了！太好了！"

余楠接着轻描淡写地说，他们莎士比亚小组的书就集中在他家里,把书橱让给夫妻组。善保可以在他家里工作,他书房里为善保留着书桌呢。哪位同志要看他们小组的书,欢迎到他家去看。他又说,巴尔扎克小组的书大概书橱里还挤得下,挤不下的话,办公室里还可以搬进一个书架,反正他的小组一切退让,尽量把空余的地方让给别的小组。

罗厚举手说:"朱先生叫我说,他要求图书室把我们小组需要的书冻结起来,不出借——也不是绝对不出借,只要求我们小组有优先权,出借的书如果我们有需要,就得收回。"

余楠点头说:"好办法!也省事。"

罗厚说:"余先生,你们组也可以学样。"

余楠却不赞成。他说:"昨天是四个小组和傅今同志一起讨论之后,给图书室制定了各小组集中图书的办法。现在虽然四个小组都有人在这里,傅今同志却没有来。已经决定的事,不必再翻案了。各小组各有方便的办法,不妨灵活着点儿,不必一律求同。好,就这样了,你们照办吧。"

他大衣都没脱,说完就走了。

罗厚在姜敏背后缩着脖子做了一个大鬼脸。彦成假装没看见。

丽琳说:"怎么办?咱们就去把书都借来吗?"

善保和罗厚都愿意帮忙。

彦成考虑着说:"是不是让女同志干轻活儿,烦她们去办借书手续。我们小伙子搬运。书单在组里吧?"

姜敏万想不到余楠会忽然跑来下这么一道命令。他和妮娜没有接头吗?还是故意找妮娜的碴儿?她昨天已经把书单给姚宓看了。姚宓说:"你收着吧,别让我给丢了。"所以书单还在她手里。她借的书都暗暗藏在一只大纸箱里,纸箱藏在一个隐僻的地方。怎么办呢?

她赶忙说:"借书,我去! 书单在我这儿呢。让善保帮我搬书吧,好不好?"

彦成很识趣地说:"姜敏同志去借,善保帮她搬,罗厚去借个小推车,我帮着把书一起都运过来,顺便还可以看看有什么书忘了借。丽琳,你和姚宓同志管上架,怎么样?"

姚宓建议先把书橱抹拭干净,她们俩就动手干活儿。

姜敏很想问问妮娜余楠宣布的规章是怎么回事。图书室新近隔出小小一间图书资料办公室,可是妮娜并不经常上班,那天她恰恰不在。幸亏姜敏藏书的纸箱太大,没存在妮娜的办公室里。姜敏对付善保绰有余力。她支使善保在借书柜台前等待,自己先把书从纸箱里三本五本地搬上柜台,然后叫善保往外间搬,等待装车。她暗藏的书没敢扣留一本,怕彦成会追根究底地找。

众人齐动手,他们两小组为进行研究所需要的书,凡是图书室所有的,当天都整整齐齐地排列在办公室的书橱里了。

彦成惟恐丽琳瞧破他为姚宓如此尽心,所以非常"机灵",恰如其分的疏远,恰如其分的冷淡。姚宓呢,她牢记着自己的警戒。而且,假如只是为了"别对不起杜丽琳",那么,说不定会辜负另一个人。如今姚宓看到彦成的疏远和冷淡,觉得自己只要做到"别做傻瓜"就行。虽然心上隐隐有些伤痛,她自己的"恰如其分"非常自然。丽琳开始相信自己确是神经过敏了,或者因为她警觉,已经及时制止了丈夫的心猿意马。

彦成说:"这些书都不准拿出去,就在办公室里使用。姜敏同志,你负责保管。"

　　姜敏心想:"好个体统差使! 多承照顾了!"她并不推辞,也并不表示接受,只暗暗为自己打主意。

第 六 章

姜敏曾对姚宓说:"你觉得吗,姚宓,假如你要谁看中你,他就会看中你。"她自信有这股魅力。

姚宓只说:"我不知道。我也不要谁看中。"

姜敏觉得姚宓很不够朋友,说不上一句体己话。

姜敏在大学里曾有大批男同学看中她。不过,她意识到自己是个无依无靠的人,不能盲目谈爱情,得计较得失利害。在她斤斤计较的过程里,看中她的人或是看破了她,或是不愿等着被"刷"而另又看中旁人。转眼她大学毕业了,还没找到合格的人,只博得个"爱玩弄男性"的美名。姜敏为此觉得委屈,也很烦恼。谁有闲情逸致"玩弄"什么男性呀!她已经二十二岁,出身并不好,无论在旧社会或新社会都不理想。而离开了大学,结交男朋友的机会少了。她的自信也在减退。

她要善保看中她。可是善保这个新社会的好出身,不像旧社会的好出身,一点也不知情识趣,常使她感到"俏眉眼做给瞎子看"。当然,朴质是美德,可是太朴质就近乎呆木了。

罗厚够呆的,还比善保机灵些。姜敏煞费苦心把善保拉在身边,管着他同学俄语,每天两人同背生字。善保很佩服她,也感激她。可是,自从余楠提出他们小组研究用的书集中在他家里,让善保在他家工作和学习,善保就忙着按余楠开的书单把书从图书室借出来,往余家送,连天没到办公室去。

姜敏几次去找妮娜,都没碰见。又过了几天才在妮娜的图书资料办公室见到她。妮娜正在那里生大气。

妮娜两天没到办公室,那天跑去,才知道姚家的藏书忽然一下子全搬空了。她觉得这是姚宓对付她的。她虽然嘀咕那些书占了一大间有用的房子,她只指望姚家早早把屋里的书供大家利用。她丈夫对那批书抱着好大的兴趣呢。谁料那么一屋子的书呢,忽然一本都没有了。这姚宓! 够奸的! 她正在对姚宓咬牙切齿。

姜敏来探问图书新规章的事,妮娜心不在焉,说余楠告诉她了,那是许彦成夫妇和罗厚一同去找了傅今提出来的。姜敏说,她怀疑这和姚宓有关,因为她怀疑图书室里有她的耳目。这句话恰好撩起了妮娜的愤怒。她愤愤说:

"你那位贵友实在太神出鬼没了!"她点上一支烟吸了一口,"咳"了一声说:"你知道吗? 姜敏,把我吓了好大一跳啊!"

"怎么了?"

"她家那间藏书室不是老锁着的吗? 她调到研究组去,就在门上又加上一道锁。昨天下午我跑来,他们都告诉我,那屋里的书全搬走了,屋子空了。我推开虚掩的门一看,可不是!里面空荡荡的,我都傻了。咱们图书室不是没有人啊。郁好文说那天上午好像听见点儿声响,当时没在意,后来也没声息了;下班出来看看,没见什么,也就不问了。方芳也听见的,以为那边闹鬼,吓得只往人多的地方躲,也没敢说。肖虎什么也没听见,因为他在那边工作,离得远。他们告诉我,昨天上午,你那位贵友……"

姜敏不承认"那位贵友"是她的。可是妮娜不理会她的抗议,继续说:"好神气啊!带着老傅和范凡一同进来,脱了锁,交出了那间空房,她就走了。老傅告诉大家,那屋里的书,按姚睿先生的遗命,已经捐赠给一个图书馆了,图书馆派了大卡车来拉书,都运走了。"

"准是高价出售了!"姜敏说。

"谁知道!连书架子也没留下一个!"

"为什么不捐赠给自己社里呢?"

"就是啊!我要知道了,我就不答应!所以她们家只敢鬼鬼祟祟呀!社里对她还照顾得不够吗?同等学力!同什么等?你也得拿出个名堂来呀!比如说,你是作家,有作品。比如说,你留洋进修了,有学问。左不过在图书室里编编书目!什么学力!"

她又深深吸一口烟,吐出一大团烟雾,同时叹出一大口气,说道:"现在是正气不抬头,邪魔外道还猖獗着呢!善本书偷偷儿拿出去卖钱,捐献一间空屋子也算是什么了不起的贡献呢!老傅够老实的,和范凡同志还特意一起到姚家去谢那位老太太呢。"

"听说这个大院儿全是她们家的。"

"是剥削来的,知道吗?剥削了劳动人民的血汗,还受照顾!"

姜敏听了这话很快意,因为伸张了她愤愤不平之气。她是货真价实的大学毕业生,可是受照顾的都和她"同等学力"了,这不是对她的不公平吗!她感慨说:

"反正一讲照顾,就没有公道。没有文凭,也算大学毕业生。"

妮娜觉得这话未免触犯了她,笑了半声,说道:"有文凭又怎么?还得看你的真才实学啊!"

姜敏觉得自己说错了话。不过话已出口,追不回来,只好用别的方式来挽救。她鼓着嘴,把睫毛扇了两下,撒娇说:"妮娜同志,我跟你做徒弟,你收不收?"

妮娜莞尔而笑。她嘴角一放松,得忙着用手去接住那半截染着一圈口红的烟卷。烟灰簌簌地落在簇新的驼色绸子的丝棉袄上,落在紧裹着肚子的深棕色呢裤子上。她抬起那双似嗔非嗔的眼睛瞅了姜敏一下:

"怎么?夫妻组里你待着不舒服?"

"憋气!!"姜敏任性地说。"不是我狂妄,资产阶级的老一套,我们在大学里,还是外国博士亲自教的,不用请教二毛子三毛子!我就不信他们夫妻把得稳正确的立场观点。"

"哎,咱们都在摸索呢!"妮娜得意而自信地笑着。

"余先生至少还能虚心学习。"

妮娜说:"你愿意到他们小组里去吗?可是你们那边也少不了你呀。"

姜敏冷笑一声:"让咱们'那位贵友'发挥同等学力吧!"

妮娜把眼睛闭了一闭,厚貌深情地埋怨说:"姜敏,你当初不该退让,该自己抓重点。"

"可是重点还在我的手里呀！我说了，勃朗特的作品不多，英国十九世纪的时代背景等等都归我抓吧。那都是纲领性的。她只管狄更斯几部小说的分析研究。得等我先定下调子，她才能照着分析研究呀！我不动手，瞧她怎么办！我现在加班学俄语呢！脱产学俄语呢！"她看着妮娜会心地笑了。

"妮娜同志，你可得支持我！咱们说定了，你做我的导师，啊？"她半撒娇半开玩笑地伸出手掌，要妮娜和她拍掌成交。妮娜像对付小孩子似的在她掌心轻轻拍了一下。姜敏不敢多占妮娜的时间，笑着起身走了。她还忙着要到余先生家去分发俄语速成教材呢。善保已有两天没见面了。

她没进余家的门，就听到里面一阵阵笑声。走近去，她听出善保和余楠笑着抢背俄语生字，中间还有个女孩子的声音。原来是余照在教他们基础俄语。

余照是单眼皮，鼻子有点儿塌，嘴唇略嫌厚，笑起来有两个大酒窝，都像她的妈。体格该算健美，身材很俏，大约余太太年轻的时候也是细溜的。她有一副自信而任性的神态。姜敏见过余照。姜敏一进门，余照就说：

"嘿！班长来了！我们正在说你呢！"

"说我什么来着？"姜敏不好意思。

"说你要气死了！"

姜敏听着真有点气，可是她只媚笑着问："为什么要气死呀？"

"我新收了两名徒弟。大徒弟名叫爸爸，二徒弟名叫陈哥儿。他们不当你的兵了！当我的徒弟了！"她又像开玩笑，又像挑衅。

余楠忙解释:"我们觉得欲速则不达,速成则不成,还得着着实实,一步步慢着走。"

善保说:"速成俄语太枯燥,学了就忘,不如基础俄语好学,也不忘记。"

姜敏强笑说:"好呀,我就做个三徒弟吧。"

余照一点不客气说:"你不行! 你太棒,我教不了。我是现买现卖的。"

余楠帮着女儿说:"我们是跟不上,只好蹲班。你和我们一起学没意思,太冤枉了。你该赶在头里,加快学。等你速成班毕业,可以回过头来教我们。"

善保的话更气人。他说:"我们跟不上你,又得紧张。"

恰好孙妈端着一盘三碗汤团进来,姜敏看清楚是三碗。余照的大嗓门儿,难道余太太没听见? 这不是逐客吗!

她忙说:"那么,你们不用教材了,我就不打搅了。"她忙忙辞出,忍着气,忍着泪,慢慢地回办公室。

第 七 章

　　施妮娜在图书资料室的小小办公室里和姜敏谈姚家那批书的时候，罗厚正在组办公室和姚宓谈同一件事。运书是前天的事。那天罗厚亲自押送那批书到图书馆，然后还得照着书单对负责接收的人一一点交，傍晚才把书单和收据连同两把钥匙送交姚太太。昨天他又到那边图书馆去了结些手续。今天再要回家去央求他舅舅，事情还没完。

　　他告诉姚宓："我巧施闪电计，吓倒老河马，倒是顶痛快的。可是替你们捐献，却献得我一肚子气。那批书偷偷儿从那间屋逃走，可以按我的闪电计。要把书送进那个了不起的图书馆，却不能随着我了。献给国家！我问你，怎么献？国家比上帝更不知在哪儿呢！"

　　姚宓说："你的意思我也懂，可是你连语法都不通了。"

　　"反正你懂就完了。我问你，你昨天把空屋交给社里了吗？"

　　"交了。妈妈说的，事情是你舅舅和马任之同志接洽的，社里不会知道，叫我去通知了他们，把空屋交出去。"

"老河马见了你，怎么样？"

"她没在。"

"等她知道，准唬得一愣一愣！"罗厚说到施妮娜，又得劲了。

"妈妈说你作弊了，不是半天搬完的，你们星期天偷偷儿进去干了一整天的活儿呢！"

罗厚说："那是准备工作呀，不算的。搬运正好半天。第一批，是书。一箱箱也不太大，也不太小，顺序搬上卡车，鸦雀无声！是我押着走的。第二批，书架子。不过是些木头的书架子，好搬；当场点交了拉走了。那是二路指挥办的。第三批是你的东西，书橱大些，可是空的，才两只，书又不多。你的书房是老郝带人收拾的，都交给他了。他是殿后。"

姚宓笑说："老郝说你们纪律严着呢，打喷嚏都不准。"

罗厚也笑了："你调出了图书室，那间屋子大概没收拾过吧？积了些土。我们刚进去，大家都打喷嚏，幸亏那天这边图书室没人。"

"打喷嚏怎么能忍住不打呢？"

罗厚说："谁叫你忍啊！打开窗子，扫去尘土，当然就不打了。我们约定不许出声的。老郝告诉我，他临走把连在门上的木板照旧掩上了，好像没人进去过一样。"

姚宓说："我不懂，你收据都拿来了，还有什么手续呢？"

罗厚叹了一口气说："我昨天把那边的感谢信交给伯母了，那只是一份正式收据。我还瞒着些事情没敢说。舅舅和马任之当初讲好的是把书专藏在一间屋里，不打散，成立一间纪念室,就叫姚睿遗书或藏书室,还挂上一张像。可是点收的人说没这个规矩,也办不到。我另找人谈,他以为我是讨价还价——姚宓,你知道,他们不了解为什么不要钱。我看了那几个人的嘴脸不舒服。献给国家,为的是献。可是接收的人,我觉得和老河马夫妻没多大分别。我心里不塌实,好像没献上。"

姚宓沉默了一会说:"纪念馆什么的就不用了,你也别再争。反正不要他们的钱就完了,随他们怎么想吧。"

"主要是,他们不懂为什么不要钱。姚宓,这话可别告诉伯母,等我舅舅再去找他们的头儿谈谈。我总觉得我没把事情办好。——你那间小书房,我也去看了。老郝没照我说的那样布置,可是他说照我的安排放不下。你等天暖了再去整理,纸箱出空了可以叠扁,交给沈妈收着……"他还没说完,很机警地忽然不说了,站起身要走。

原来是姜敏来了。她也不理人,嘴脸很不好看。罗厚也不理她,一溜烟地跑了。姜敏沉着脸说:"你们谈什么机密吗?"

姚宓赔笑说:"他得到朱先生家去当徒弟呀。"

姜敏没精打采地坐下,拿出俄语速成教材,大声念生字,旁若无人。生硬的俄语生字,像倾倒一车车砖头石块。姚宓暗想,她要是天天这样,可受不了。她以为善保不来,姜敏也不念了呢。他们两人一起念,轻声笑话,还安静些。姜敏念了一会,放下教材,换了一副脸问姚宓:

"听说你们家的书高价出卖了,是不是罗厚给你们跑腿的?"

姚宓静静地看着她,静静地问:"谁说的?"

这回是姜敏赔笑了:"好像听说呀。"

"谁听见的?听见谁说了?"姚宓还是那么静静地看着她。

姚宓这副神态,姜敏有点怕。她站起身说:"我不过问问呀!不能问吗?"她不等回答就跑了。

姚宓暗想:"可惜不能告诉妈妈(她不愿招妈妈生气),经不起我们福尔摩斯和华生的推断,准是她和老河马造谣呢!"

姜敏那天受了余照的气,满处活动了一番,两天后兴冲冲地跑来找姚宓。

"姚宓,我请你帮个忙。你替我向咱们夫妻组长请个长假。"

"什么长假?"

"长假。领导上批准我脱产学习俄语——速成班的俄语。余楠和善保两个跟不上,半途退学了。因为只我一个跟了上去,而且成绩顶好,领导要我正式参加大学助教和讲师的速成班,速成之后再巩固一下,所以准了一个长假。两位导师都让你一人专利了!该谢谢我吧?"

"可是我怎么能替你请假呢?得你自己去请呀。"

姜敏说:"假,不用请,早已准了。通知他们一下就行。"

"那也得你自己去通知呀。"

"你陪我去,帮我说说。"

姚宓说:"领导都准了,还用我帮什么!"

姜敏斜睨着她说:"可是你还这么拿糖作醋的,陪陪都不肯!"

"我从没到他们家去过。"

姜敏大声诧怪道："是吗？听说你们家的钢琴都卖给他们家了。"

"他们家老太太来问我妈妈借的，和我无关。"

"你这个人真是！上海人就叫'死人额角头'！我带你到他们家去看看，走！"

姚宓笑着答应了，跟姜敏一起到许家。

许彦成出来应门，把她们让进客堂，问有什么事。

姜敏说："我是来请假的，姚宓是陪我来的。"

彦成说："你该向你的小组长请假呀。"他喊丽琳出来，又叫李妈倒茶，自己抽身走了。

丽琳从她的书房里出来，满面春风地请两人坐。她听姜敏说了请假的理由，一口答应，还鼓励她快快学好俄语，回来帮大家做好研究工作。她说，两位难得来，请多坐会儿大家谈谈；还拿出"起士林"咖啡糖请她们吃。她仔细问了姜敏长假的期限，问她分内的工作是否让大家分摊等等。姜敏说她不能添大家的事，她窝的工，回来再补。

丽琳说："领导上批准的假，当然不用我再去汇报，我只要告诉一声就行吧？"

姜敏说："除非您反对。"

"我当然赞成，十分赞成。只是，姚宓同志，你要少一个伴儿了。"

她们说笑了几句，姜敏就和姚宓一同辞出。许彦成没再露面，送都没送。

过一天，姚宓傍晚回家，姚太太交给她一本苏联人编写的世界文学史的中文译本，说是彦成托她转交的，叫姚宓仔细读读。

姚宓心想:"我到了他家,他正眼也没瞧我一眼。可是,我们三人的谈话,也许他都听见,也许杜先生都搬给他听了,反正他是关心的,准也理解姜敏存心刁难,以为没有她就没法儿知道苏联的观点了。"她不知道自己心上是喜欢还是烦恼。

彦成照例下午到姚家去。丽琳好像怕姚宓一人寂寞,常到办公室去看她,因为她知道罗厚和善保都不常到办公室,尤其下午。姚宓是一个安静的伴侣,丽琳不和她说话,她就不声不响地只埋头看书写笔记。有一次,彦成竟到办公室来接丽琳了。他说:"我知道你在这儿呢! 回家吧。"他只对姚宓略一点头,就陪着丽琳回家。以后丽琳天天下午到办公室看书,许彦成来接,偶尔也坐下说几句话,不过恰如其分,只是导师的话。

转眼过了春节,天气渐渐转暖。姚宓趁星期天,想把小书房的书整理一下。她进门一看,吃了一惊。里面整整齐齐、干干净净。满地的纸箱都已出空,叠扁了放在角落里。书都排列在书橱里。原先架上乱七八糟的书也掸干净了放得整整齐齐。门后挂着一把掸子,一块干布,一块湿布。临窗那张小书桌前面添了一只小圆凳,原是客堂里的。是"他"干的事吧? 打开抽屉,里面已垫上干净纸,几支断了头的铅笔都削尖了,半本拍纸簿还留在抽屉里,纸上却没有一个字。她难道指望"他"留一两句话吗? 她呆了一下,出来问妈妈:"谁到我的书房里去过了!"

姚太太说:"彦成要求去看看书。他不怕冷,常去。我让他去的。他没弄乱你的书吧?"

姚宓装作不介意,笑说:"我发现多了一只小圆凳。"她没敢说许先生为她整理了书,故意等过了两天才把纸箱交沈妈搬走,好像书是她自己整理的。

她看着整洁的书房,心上波动了一下,不过随即平静下来。因为她曾得到一点妙悟。她发现自己烦恼,并不是为自己,只为感到"他"在为她烦恼,"他"对她的冷淡只是因为遮掩对她的关切。这不是主观臆想吗?据她渐次推断,许彦成对她的冷淡很自然,并非假装。他的眼神不复射过来探索她的眼神。也许他看明了她的"误解",存心在纠正她。可是,他为什么又悄悄地为她整理书房呢?也许是为了自己方便,也许是对她的一种抚慰,不然,为什么不留下一两句话呢?她本想在纸上写个"谢谢",表示知感,可是她抑制了自己。她不需要抚慰。

自从小书房里的纸箱搬走以后,许彦成常拣出姚宓该读的书放在小书桌上,有时夹上几个小纸条,注明哪几处当细读。他是个严格的导师。姚宓一纳头钻入书里,免得字面上的影子时常打扰她。

大学放暑假的时候,研究社各组做了一个年中小结。傅今在全社小结会上表扬了各组的先进分子。姚宓因为超额完成计划,受到了表扬。

姚太太问女儿:"姜敏回来了吗?她该吃醋了。"

姚宓说:"也表扬她了,因为她学习俄语的成绩很好。她回来了,只是还没有回到小组里来。"

第 八 章

夏天过了。绿荫深处的蝉声,已从悠长的"知了""知了"变为清脆而短促的另一种蝉声,和干爽的秋气相适应。许彦成家的老太太带着小丽在北京过完暑假,祖孙俩已返回天津。彦成夫妇松了一口气。正值凉爽的好秋天,他们夫妇擅自放假到香山去秋游并野餐。回家来丽琳累得躺在床上睡熟了。

照例这是彦成到姚家去听音乐的时候。可是他很想念姚宓。虽然他们除了星期日每天都能见面,却没有机会再像以前同在藏书室里那样亲切自在。丽琳总在监视着,他不敢放松警惕,不敢随便说话。姚宓又从不肯在上班的时候回家。她只是防人家说她家开音乐会吗?这会儿趁丽琳睡熟,他想到办公室去看看姚宓,他觉得有不知多少话要跟她说呢。

办公室里只姚宓一人。彦成跑去张望一下,只见她独在窗前站着。他悄悄进屋,姚宓已闻声回过头来。

"阿宓!"彦成听惯姚太太的"阿宓",冒冒失失地也这么叫了一声。

姚宓并不生气，满面欢笑地说："许先生，你怎么来了？"

这就等于说："你怎么一个人来了？"她从心上扫开的只是个影子，这时袭来的却是个真人。

"我们今天去游了香山。"他看见姚宓小孩儿似的羡慕，立即后悔了，忙说："我现在到你家去，你一会儿也回去，好不好，破例一次。"

姚宓只摇摇头，不言语。然后她若有所思地说：

"香山还是那样吧？"说完自己笑了。"当然还是那样——你们上了'鬼见愁'吗？"

彦成叹气说："没有。我要上去，她走不动了，坐下了。"

姚宓说："我们也是那样——我指五六年前——我要上去，他却上不去了，心跳了。我呀，我能一口气冲上一个山头，面不红、心不跳、气不喘！'鬼见愁'！鬼才愁呢！"她一脸妩媚的孩子气，使彦成一下子减了十多岁年纪。

他笑说："你吹牛！"

"真的！不信，你——"她忙咽住不说了。

"咱们同去爬一次，怎么样？"

姚宓沉静的眼睛里忽放异彩。她抬头说："真的吗？"

"当然真的。"

"怎么去呢？"姚宓低声问。

办公室里没有别人，门外也没人。可是他们说话都放低了声音。

"明天我算是到西郊去看朋友——借一本书。你骑车出去给你妈妈配药——买西洋参。西直门外有个存车处……"

"我知道。"

"我在那儿等你。你存了车,咱们一同去等公共汽车。"

他们计议停当,姚宓就催促说:"许先生快走吧,咱们明天见。"

彦成知道她是防丽琳追踪而来,可是不便说破丽琳在睡觉呢——也说不定她醒了会跑来。他也怕别人撞来,所以匆匆走了。

姚宓策划着明天带些吃的,准备早上骑车出门的路上买些。她整个夏天穿着轻爽的旧衣,入秋才穿上制服。这回她很想换一件漂亮的旧衣裳,可是怕妈妈注意,决计照常打扮。她撒谎说:听说某药铺新到了西洋参,想去看看,也许赶不及回家吃饭。以前她至多只对妈妈隐瞒些小事,这回却撒了谎,心上很抱歉。可是她只担心天气骤变,减了游兴。

姚宓很不必担心,天气依然高爽。她不敢出门太早,来不及买什么吃的,只如约赶到西直门存车处,看见许彦成已经在那儿等待了。她下车含笑迎上去,可是她看见的却是一张尴尬的脸。许彦成结结巴巴地说:

"对对对不起,姚宓,我忘忘忘了另外还还有要要要紧的事,不能陪陪陪……"

姚宓刷的一下满脸通红,强笑说:"不相干,我也有别的事呢。"可是她脸上的肌肉不听使唤,不肯笑,而眼里的莹莹泪珠差点儿滚出来。她急忙扶着车转过身去。

彦成呆站着看她推着车出去,又转身折回来。他忙闪在一旁。只见她还是存了车,一人走出城门,往公共汽车站的方向走。彦成悄悄跟在后面。她走到站牌下,避开一群等车的人，背着脸低头等车，并没看见彦成。彦成很想过去和她解释几句。可是说什么呢？昨晚他预想着和姚宓一同游山的快乐，如醉如痴，因而猛然觉醒：不好！他是爱上姚宓了；不仅仅是喜欢她，怜惜她，佩服她，他已经沉浸在迷恋之中。当初丽琳向他求婚的时候，问他是否爱她。彦成说他不知道，因为没有经验。这是真话。他们结婚几年了，他也从没有这个经验。近来他感觉到新奇的滋味，一向没有细细品尝和分辨。这回他忽然明白是怎么回事了。假如他和姚宓同上"鬼见愁"，他拿不定自己会干出什么傻事来。姚宓还只是个稚嫩的女孩子，他该负责，及早抽身。他知道自己那番推却实在不像话。可是怎么解释呢？

公共汽车开来了。彦成看见姚宓挤上了车。他不放心，忙从后门也挤上车。这辆车一路都很挤。到了终点站，姚宓下车又走向开往香山的公共汽车站。彦成不放心，还是遥遥跟着。他想劝她回家，又想陪她同游。姚宓仍是背着脸低着头等车，没看见彦成。开往香山的车来了，他们两人还是各从前后门上了车。彦成站在后面，看见姚宓在前排坐下了。这辆车不挤。他慢慢儿往前挨，心想，假如前去叫她一声，她会又惊又喜吗？可是他看见姚宓一直脸朝着窗外，不时拿手绢儿擦眼睛。彦成想到刚才看见她含着的泪，忙缩住脚，慢慢儿又退到后面去，不敢打搅她。

车到香山，他料定姚宓是前门下车。他从后门挤着下了车，急忙赶往前去找姚宓。可是车上的乘客从前后门全都下来了，却不见姚宓，想必早已下车，走向香山公园去了。彦成在人丛里寻找，直找到公园门口，不见踪迹。他退回来又在汽车的周围寻找,也不见踪迹。她大概已经进园,独自去爬"鬼见愁"了。彦成忙买了门票进园,忽忽若有所失。

往"鬼见愁"的游客较少,放眼望去,不见姚宓;寻了一程,也不见她的影儿。他颓然坐下,心想偌大一个香山,哪里去找姚宓呢?假如他等到天晚了回去,而姚宓还未到家,他怎么向姚太太交代呢?她一个人谅必不会多耽搁,或许转一转就回家了。如果她还没回家,早发现总比晚发现好。这么一想,他又急不能待,要赶回城里去。

彦成回城已是午后。他还空着肚子,却不觉得饿。他跑到姚家,看见姚宓的自行车靠在大门内过道里,心上放下一块大石头。姚宓反正是回家了。她准是看见了他而躲过了他。她还在家吧?没去上班吗?彦成见了姚太太,问起那辆自行车,知道姚宓照常回家吃过午饭,这时已去上班。据说她因为吃得太饱,要走几步路消消食,所以没骑车。

姚宓是快到香山临下车才看见彦成的。她原是赌气,准备一人独游;见了彦成,她横下心绝不和他同游。她挤在头里下车,一下车就急步绕过车头,由汽车身后抄到汽车后门口,看见彦成下了车急急往前去找她。她等后门口的乘客下完,忙一钻又钻上车去,差点儿给车门夹住。售票员埋怨说:"这里不上人,车掉了头才上人呢。"

姚宓央求说:她有病,让她早上来占个座儿。售票员看她和气又可怜,就没赶她下去,让她蜷坐在后排角落里,随着车拐了一个大弯。她这样就躲过了彦成。可是她心上又不忍,所以故意把自行车留在家里。

她上午就赶回办公室,不见一人。她觉得又渴又累,热水瓶里却是空的。她正要去打水,恰巧碰见勤杂工秀英。秀英是沈妈的侄女儿,抢着给她打水。姚宓做贼心虚,正需要有人看见她上班,就把热水瓶交给她,自己扶头独坐,暗下决心。她曾把心上的影儿一下子扫开,现在她干脆得把真人也甩掉。

她把罗厚求她校改的一份稿子整理好,准备交还他。她自己的一大叠稿子给善保借去了,因为她受到了表扬,善保借去学习的,可是至今还没有还她。她写了一个便条,托罗厚转交善保,催讨稿子,因为她自己要用了。然后她取出大叠稿纸,工工整整写下题目,写下一项项提纲,准备埋头用功。假如"心如明镜台"的比喻可以借用,她就要勤加拂拭,抹去一切尘埃。

可是过去的事却不容易抹掉。因为她低头站在开往香山的公共汽车站牌下等车的时候,有人看见她了。不但看见她,也看见了许彦成。

第 九 章

　　余照和陈善保已交上朋友,经常一起学习,一起玩笑。恰逢这般好秋天,两人动了游兴,约定同游香山。余照到了北京,只到过颐和园,还没游过香山呢。他们避免星期日游人太多,各请了一天假。宛英为他们置备了糕点水果等等,特地还煮了茶叶蛋。她和余楠老两口子看小女儿成对出游,满心欢喜。

　　余楠这个暑假也并不寂寞。他从妮娜处得知姜敏愿意加入他的小组,不胜得意。年中工作小结会上姜敏得了表扬,余楠就去贺她。姜敏一扭头似笑非笑说:

　　"我们不过是速成的呀! 学完就忘了!"

　　"哎,"余楠拍着她的肩膀说:"学不进的才忘记。我不是早说了吗,希望你快快学成,回过头来教我们。老实告诉你吧,我慢班都没跟上,现在都退学了。"

　　他把姜敏邀到家里,满口称赞她,一面又探问她工作的计划。姜敏当然不会白喝他的米汤。她带着娇笑回敬的米汤,好比掺和了美酒,灌得余楠醉醺醺的。他兴致也高了,话也多了,自吹自卖,又像从前在上海时款待他喜爱的女学生那样。宛英只防姜敏媚惑善保,破坏余照的姻缘。现在余照和善保已经好上了,宛英不防她了。至于余楠,宛英是满不在乎的。余照和善保现在不在身边了,余楠觉得落寞,常到丁宝桂家去喝酒。如今来了个姜敏,平添了情趣。他们谈工作,谈批判,有时施妮娜和江滔滔也过来加入讨论。整个夏天,余楠很少出门,姜敏经常来。有时两人低声谈笑,有时热烈地讨论。宛英只听到他们反复提到什么"观点不正确"呀,"阶级性不突出"呀,什么"人性论"呀等等,也不知他们评论什么。她曾悄悄问过善保,善保茫然不知。一次她听见善保问姜敏,她和余先生讨论什么问题呢。姜敏说她是来帮余先生学习俄语,她自己也借此温温旧书。宛英觉得蹊跷,不信自己竟那么糊涂,连外国话和中国话都不能分辨。

余照和善保游山归来,宛英安排他们在饭间里吃点心。余楠和姜敏正在书房里谈论他们的文章,立即放低了声音。

余照大声说:"妈,你知道我们碰见谁了?"

善保有心事似的不声不响。

宛英问:"碰见谁了?"

"你猜!"

宛英说:"我怎么知道呀。"

"姚宓啊! 姚宓!! 还有许彦成!!"

"你该称姚姐姐和许先生——还有谁?"

"就他们两个!!"

"别胡说!"宛英立即制止了余照,"你们哪儿碰见的? 和他们说话了吗?"

"去香山的汽车站上,两人分两头站着!我们赶紧躲了。"

"你们准是看错人了。"宛英一口咬定。

"善保先看见,他拉拉我,叫我看。我们赶紧躲开,远远地看着他们一个前门、一个后门上了车。"

宛英说:"干吗要一个前门、一个后门上车呢?"她不问情由,先得为姚宓辟谣。"远远看着像的,不知多少呢。像姚小姐那样穿灰布制服的很多,她怎么会和许先生一起游山呢!你们在香山看见他们两人了吗?"

余照不服气说:"香山那么大,游客那么多,哪会碰见呢?"

"你们只远远看见一个人像姚小姐,又没近前去看,就躲开了,却把另一人硬说是和她一起的。你们准是看错了人。"

余照觉得妈妈的话也有道理,承认可能是看错了人。

善保却固执地说:"是姚宓。我一眼就看出是她。我绝不会看错。"

余照听了这话不免动了醋意,因为她知道善保从前看中姚宓。她说:"哦!是姚宓,你就不会看错!反正你眼睛里只有一个姚宓!穿灰制服的都是姚宓!"

善保不争辩,却不认错。宛英不许余照再争。余照哪里肯听妈妈的话,嘀嘀咕咕只顾和善保争吵。

他们的话,姜敏全听在耳里。她不好意思留在那里隔墙听他们吵嘴,借故辞别出来。

姜敏相信善保不会看错。她想到办公室去转转,料想姚宓不会在那里,不如先到姚家去看看。

她入门看见姚宓的自行车,就问开门的沈妈,姚宓是否在家。沈妈说:"没回来呢。"姜敏自以为得到了证实,不便抽身就走,不免进去向姚伯母问好,说她回社后还没正式上班,敷衍了几句,有意无意地问:"姚宓还不回家?"

姚太太说:"她还不回来呢。"

姜敏暗想:不用到办公室去了,且到许彦成家去看看。她辞了姚太太又到许家。

许彦成从姚家回来,就闷闷地独在他的"狗窝"里躺着。李妈出来开门,遵照主人的吩咐,说"先生不在家"。杜丽琳一听是姜敏,忙出来接待。她恭喜姜敏学习成绩优异,又问她有没有什么事。

姜敏说:想问问几时开小组会。

丽琳说,没什么正式的会,他们小组经常会面,不过星期一上午他们都在办公室碰头,安排一星期的工作。她和姜敏闲聊了一会。姜敏辞出,觉得时间已晚,没有必要再到办公室去侦察。姚宓这时候即使跑到办公室去工作,也不能证实她没有游山。她拿定自己侦得了一个大秘密。不过她很谨慎,未经进一步证实,她只把秘密存在心里。

星期一,罗厚照例到办公室去一趟(别的日子他也常去转转,问问姚宓有没有什么事要他办的)。他跑去看见姚宓正在读他请姚宓看的译稿,就问:"看完了吧? 看得懂吗?"

姚宓说:"懂,当然懂。可是你得附上原文,也让我学学呀。"

罗厚笑嘻嘻说:"原文宝贵得很,是老头儿从法国带回来的秘本,都不大肯放手让我用。"

"那你怎么翻译呢?"

罗厚说:"不用我翻呀。他对着本子念中文,我就写下来,这就是两人合译。我如果写得一塌糊涂,他让我找原文对对。我开始连原文都找不到,现在我大有进步了。"

"这也算翻译? 他就不校对了?"

"校对? 他才不耐烦呢! 所以我请你看看懂不懂。"

"发表了让你也挂个名,稿费他一人拿?"

"名字多出现几次,我不也成了名翻译家吗?"

两人都笑了。

正说着,只见姜敏跑来。罗厚大声说:"哟! 你怎么来了? 你不是改在余先生家上班吗?"

姜敏横了他一眼:"谁说的?"

"还等傅今同志召开全体大会正式公布吗?"罗厚说着扮了个鬼脸。

姜敏装出无可奈何的样儿说:"他们拉我呀。"

姚宓微笑着说:"听说你天天教余先生俄语呢。"

姜敏忍不住了,立即回敬说:"听说你某一天陪某先生游香山了!"

姚宓的脸一下子转成死白,连罗厚都注意到了。可是姚宓很镇静地说:"我没有游香山。"

"没游香山,游了樱桃沟吧?"姜敏一脸恶笑。

姚宓说:"我没有游樱桃沟。我天天在这儿上班。"

这时候,姜敏等待着的许彦成和杜丽琳正好进门。姜敏只作不见,朗朗地说:"可是有人明明清清看见你们两人去游山了! 你,还有一个人……"

罗厚深信姚宓说的是实话,所以竖眉瞪眼地向姜敏质问:

"你亲眼看见的?"

姜敏说:"有人亲眼看见了,我亲耳朵听见的。"

他们大家招呼了许先生和杜先生。

姜敏接着说:"星期五上午,在去香山的汽车站上,你们一个在这边,一个在那边,一个前门上车,一个后门上车……"她瞥见许彦成脸色陡变,杜丽琳偷眼看着彦成。

罗厚指着姜敏说:"你别藏头露尾的! 谁亲眼看见了? 我会去问! 我知道你说的是陈善保。善保告诉我的,他星期五和朋友一同去游香山。我会当面问他!"

姜敏鄙夷不屑地笑道:"我说了陈善保吗? 我一个字儿也没提到他呀! 反正姚宓在这儿上班呢,当然就是没有游山。游山自有游山的人。"她料定姚宓在撒谎。

许彦成和杜丽琳都已经坐下。丽琳笑着说:"姜敏同志,你说的是我们吧?"

"我说的是游山的人。"

丽琳说:"就是我和彦成呀。我们俩,上班的时候偷偷出去游香山了。彦成自不量力,一人爬上了'鬼见愁'。挤车回来,有了座儿还只顾让我坐,自己站着,到家还兴致顶高。可是睡一宵,第二天反而睡得浑身酸痛,简直像个泄了气的皮球,力气全无。你来的时候他正躺着,我让李妈说他不在家,让他多歇会儿。谁看见我们的准是记错了日子。我们游山是星期四,不是星期五。"

姚宓仍静静地说:"不论星期四、星期五,我都在这里上班。可以问秀英,她上下午都来给咱们打开水的。"

姜敏没料到她拿稳的秘密却是没有根,忙见风转舵说:

"罗厚,听见没有? 人家说的准是星期四。假如是星期五,那就是陈善保和他的朋友。反正我听见人家说,亲眼看见咱们社里有人游香山了。我以为是姚宓,随便提了一句,你就这么专横!"

罗厚卷起自己的稿子,站起来说:"你们是开小组会吧? 我也找我的导师去。"

他出门听见姜敏在说:"他们拉我加入他们的小组。我不知该怎么办好……"

罗厚不耐烦,夹着稿子直往余楠家跑。

第 十 章

罗厚气愤愤地到余楠家去找善保,正好是善保开的门。罗厚不肯进屋,就在廊下问善保:"你香山玩儿得好吗?"

善保说:"玩得顶好,可是回来就吵架了。"

罗厚不问吵什么架,只问:"你碰见姜敏了吗?你跟她说什么来着?"

"什么也没跟她说呀。她在前屋和余先生讨论什么文章呢。"

"听她口气,好像是你告诉她游山看见了什么人。她没说你的名字。可是星期五游香山的,不就是你吗?她说,有人亲眼看见了谁谁谁。"

善保急忙问:"她说了谁?"

"一个是姚宓,还有一个没指名。可是姚宓说,她每天上下午都上班,没有游山。"罗厚随即把姜敏、姚宓和杜丽琳在办公室谈的话——告诉了善保。

善保说:"姜敏准是听见我们吵架了——我说看见一个人

像姚宓,还有一人像许先生——当然是我看错了。余照就说不可能。我太主观,不认错。给你这么一说,分明是我看错了人。其实我自己都没看清,也没让余照再多看一眼,我们赶紧躲开了。回来她说我看错人了。她使劲儿说我错,我就硬是不认错。哎,我这会儿一认错,觉得事情都对了,我浑身都舒服了。我现在服了,罗厚啊,一个人真是不能太自信的。可是姜敏不该旁听了我们吵架出去乱说,影响多不好啊!"

"她没想到我会追根究底,也没想到许先生恰好前一天和杜先生游了香山。她就趁势改口,说她说的是星期四。"

善保说:"我一定去跟她讲清楚。这话我该负责。姜敏不应该乱传。可是错还是我错。而且错得岂有此理,怎么把姚宓和许先生拉在一起呢。看错了人不认错,还随便说,也没想到姜敏在那儿听着。真糟糕!我得了一个好大的教训。我实在太主观唯心了,还硬是不信自己会错。一会儿我得和姜敏谈谈,她太轻率。"

余楠在屋里伸着耳朵听他们说话。如果许彦成和姚宓之间有什么桃色纠纷,倒是个大新闻。可是他护着女儿,不愿意看到女儿向善保认错。现在听来,分明错在善保。善保已经满口认罪,他抱定"不痴不聋,不作阿姑阿翁"的精神,对善保和罗厚的谈话,故作不闻。他只顾专心干他自己的事。

余楠的书房和客堂是相连的一大间,靠里是书房,中间是客堂,后间吃饭。客堂的门是他家的前门。临窗近门处有一张长方小儿,善保常在那里看书做笔记。余楠为他安排的书桌在后厢房,是余照的书桌。善保虽然享有一只抽屉,总觉得不是他的书桌,他自己的书桌还在组办公室里。他喜欢借用客堂里的小长方几。如有客来,外面看不见里面,他隔着纱窗却能看到外边亮处来的人,他可以采取主动。

罗厚走了不多久,姜敏就来了。善保立即去开了门,对她做了手势叫她在沙发上坐下。他自己坐在一只硬凳上,低声说:

"你有事吗?我有要紧话跟你说呢。"

姜敏对低头工作的余楠看了一眼,大声回答:"说吧,反正你的事总比别人的要紧。"

善保怕打搅余楠,说话放低了声音。姜敏却高声大气。只听得她说:

"我早知道呀!我知道罗厚准来挑拨是非了。"

善保低声不知说了什么话。她声音更高了:

"我说错了吗?星期四,许先生杜先生游了香山。星期五,你和你的对象去游了香山。工作时间,咱们社里的人游山去了!这是我乱传的谣言吗?倒是我轻率了!"

善保又说了不知什么。她回答说:

"我扯上姚宓了!又怎么?她说了我一句,我不过还她一句罢了!她说我天天教余先生俄语,我就说她某一天陪某先生游山。"

善保说:"可是她没有陪某先生游山呀!"

姜敏说:"请问,我教余先生俄语了吗?"

善保的声音也提高了:"那是你自己说的呀!"

姜敏说:"她陪某先生游山,不也是你自己说的?"

善保大声说:"我在告诉你,是我看错了人。"

姜敏说:"我也告诉你,是我看错了事。我不知道余先生不学俄语了。你传我的话,是慎重！是负责！我传你的话,是轻率！是不负责任！"

善保气得站起来说:"咳！姜敏同志,你真是利嘴！你明明知道自己错了,却把错都推在我身上。你、你、你——简直可怕！"他忘了自己是在余先生家,气呼呼跑出门去,砰一下把门关上。

姜敏抖声说:"自己这么蛮横！倒说我可怕！"她咽下一口气,簌簌地掉下泪来。

余楠已放下笔,在她身边坐下。

姜敏抽噎着说:"他护着一个姚宓,尽打击我！"

余楠听她和善保说一句,对一句,虽然佩服,也觉得她厉害,善保这孩子老实,不是她的对手。可是看到她底子里原来也脆弱,不禁动了怜香惜玉的心。他不愿意派善保不是,只拍着姜敏的肩膀抚慰说:

"姜敏,别孩子气！他护不了姚宓！姚宓有错,就得挨批,谁也袒护不了！她的稿子在咱们手里呢！由得咱们一篇篇批驳！"

他把姜敏哄到自己的书房那边,一起讨论他们的批判计划。

且说陈善保从余家出来,心上犹有余怒。不过他责备自己不该失去控制,当耐心说理。对资产阶级的小姐做思想工作不是容易。他还不知道姚宓会怎样嗔怪呢。

善保发现姚宓一个人在办公室静静地工作。她在摘录笔记。善保找个椅子在她对面坐下说:

"罗厚告诉我,你气得脸都白了。我很抱歉……"

姚宓说:"我没有生气。事情都过去了,别再提了。"

"我太岂有此理,看见一个人像你,就肯定是你,而且粗心大意,没想想后果,就随便说。我以为和余照在她家里说话,说什么都不要紧,没想到还有人听着。"

姚宓说:"善保,你看见了谁,我不能说你没看见。可是我真的没有游山。"

"当然真的。我自己看错了人,心上顶别扭。听罗厚一说,才知道都是我错了。可是,姚宓,你没看见那个人,和你真像啊! 我没看完一眼,就觉得一定是你,绝没有错,不但没看第二眼,连第一眼都没看完。"

姚宓又惭愧又放了心,笑个不了。她说:"也许真的是我呢!"

善保一片天真地跟着笑,好像姚宓是指着一只狗说"也许它真的是我"一样可笑。

接着善保言归正传,向姚宓道歉,说她要讨还的那份稿子还在余先生那里。

姚宓急得睁大了眼睛。"你交给余先生了? 我以为你是拿回宿舍去看看。"

善保着急说:"要紧吗? 他说我该向你学习,是他叫我问你借的。后来他也要看看,可是他拿去了那么久,也许还没看呢。我问他要了几回,他有时说,还要看,有时说,不在他手里,傅今同志在看。"

姚宓不愿意埋怨善保,也不忍看他抱歉,反安慰他说:"不要紧,反正你记着催催,说我要用。"她心上却是很不安,不懂余先生为什么扣着她的稿子不还,还说要给傅今看。这事,她本来可以和许先生谈谈,现在她只可以闷在心里了。

第 十 一 章

　　杜丽琳和许彦成那天从办公室一路回家,两人没说一句话。吃罢一顿饭,丽琳瞧许彦成还是默默无言,忍不住长叹一声说:

　　"咳,彦成,我倒为你睁着眼睛说瞎话,你却一句实话都没有。"

　　"说我爬上'鬼见愁'是瞎话。这句瞎话很不必说。"

　　"那就老实说你一老早出门看朋友去了?"

　　"我是看朋友去了。"

　　"得乘车到香山去看!"

　　"我的朋友不在香山。我看什么朋友,乘什么车,走什么路,有必要向那个小女人一一汇报吗?"

　　"可是她看见你们两人了,你怎么说呢?"

　　"她并没有看见。"

　　"有人看见了。一个你,一个她。"

　　"笑话!压根儿没说我。她点的人已经证明自己没去游山,你叫我怎么和她一起游山呢。"

"姜敏看透那位小姐在撒谎。"

"撒谎? 除非她有分身法。有人看见她在办公室上班,怎么又能和我一起游山呢?"

"你很会护着她呀! 可惜你们俩都变了脸色,不打自招了。我给你们遮掩,你还不知好歹。"

彦成叹气说:"随你编派吧。我说的是实话,你硬是不信,叫我怎么说呢。"

丽琳更深深地叹了一口气说:"你的心,我也知道。我知道自己笨,不像人家聪明。我是个俗气的人,不像人家文雅。我只是个爱出风头的女人,不像人家有头脑。"

"我几时说过这种话吗?"彦成觉得委屈。

"还用说吗? 我笨虽笨,你没说的话,我还听得出来啊。"

彦成觉得丽琳真是个"标准女人"。他忍气说:"她怎么怎么,都是你自己说的,我只不过没跟你分辩,这会儿都栽到我头上来了。"

"都说在你心坎儿上了,还分辩什么!"

彦成觉得她无可理喻,闷声不响地钻入他的"狗窝"去。

丽琳在外用英语说:"我现在也明白了。你欠我的那三个字,欠了我五六年也不想还,因为你不愿意给我,因为我不配。现在你找到了配领你那三个字的人了。我恭喜你!"

彦成心上隐隐作痛。丽琳很会剖析他的心。他感觉到而不敢对自己承认的事,总由丽琳替他抉发出来。他脸色非常难看,耐着性子跑出来,对丽琳说:"好容易妈妈她们走了,咱们才清静了几天,你又自寻烦恼,扯出这些没头没脑的话来。"

丽琳很不合逻辑又很合逻辑地说:"感情是不能勉强的,我并不强求。我只要求你履行诺言。你答应我永远对我忠实,永远对我说真话。可是你说了哪一句真话呀!"她愤愤走入卧房,呜呜咽咽地哭了。

彦成最怕女人哭。像姚宓那样悄悄地流泪悄悄抹掉,会使他很感动。可是用眼泪作武器就使他非常反感,因为这是他妈妈的惯技。他迟疑了一下,还是耐着性子跟进卧房,悄悄地说:"丽琳,你知道李妈在外边说的话吗?'先生太太说外国话,就是吵架了。'"

丽琳带着呜咽,冷笑一声说:"你倒也怕人家闲话!"

彦成恳切地说:"丽琳,我对你说的确实是真话。我并没有和别人去游山。"

丽琳扭头说:"我不爱看你虚伪。"

她坐在镜台前,对着自己的泪脸,慢慢用手绢拭去泪痕,用粉扑拂去泪光。

彦成从镜子里看到丽琳很有节制,绝不像他妈妈那样任性。他忍住气,再次向她陈情:

"丽琳,我为的是对你真诚……"

丽琳睁着她泪湿的美目,注视着彦成,没好气的冷笑一声说:"那么请你问问自己,我说你爱上了别人,我说错了吗?"

彦成以退为进说:"你从来没有错!错的终归是我。"

丽琳转过身,背着镜子,一脸严肃地说:"彦成,你听我讲。我有一个大姐,一个二姐,我是最小的妹妹。我大姐夫朝三暮四……"

彦成笑说:"你意思是'朝秦暮楚'吧?"

丽琳没一丝笑容："对不起，我出身买办阶级，不比人家书香门第，家学渊源。我留学也不过学会了说几句英语，我是没有学问的人。谢谢你指点。'朝秦暮楚'——我以前以为只有我姐夫那种人是那样的——我大姐向来睁一只眼，闭一只眼。香港美人多，我料想他们现在还是老样儿。我二姐离婚两次，现在带着个女儿靠在娘家，看来也不会再找到如心的丈夫。她知道自己是家里的背累，只是个多余的人，有气只往肚里咽。我看了她们的榜样，自以为学聪明了。我不嫁纨绔公子，不嫁洋场小开，嫁一个有学问、有人品的书生。我自己也争口气，不靠娘家，不靠丈夫。可是，唉，看来天下的老鸦一般黑！至少，我们杜家的女儿，个个是讨人厌的……"

彦成打断她说："何必这样大做文章呢？我又没有'朝秦暮楚'，又没有和你离婚……"

"随你怎么说，反正我心里明白。我生着三只眼睛呢！闭上两只，还有一只开着！我也知道怎么保护自己，不会随人摆布！"她起身把彦成推出门，一面说："钻你的狗窝去！想你的情人吧！"她把彦成关在门外。

彦成躺在他"狗窝"里的小板床上，独自生气。他当初情不自禁，约了姚宓游山。只为了丽琳，为了别对不起她，临时又取消了游山之约，几乎是戏弄了姚宓。想不到丽琳只图霸占着他，不容他有一点秘密，一点自由。他说的"真话"当然不尽不实，可是牵涉到第三者呢，他不能出卖了第三者呀。他并没有要求丽琳像姚宓那样娴静深沉，却又温柔妩媚，不料她竟这样生硬狰狞。他也知道丽琳没有幽默，可是一个人怎会这样没趣！

"好吧！"他愤愤地想，"你会保护自己，我也得保护自己！我也不会随你摆布！"

他交叉着两手枕在后脑下，细想怎样向姚宓请罪。不论她原谅不原谅，他必须请罪。

他起来写了一封信，夹在随身携带的记事本里，到姚家去听音乐，顺便到姚宓的小书房去翻书，就在小书桌上的书里夹一个签条，注明参看某书某页。他就把写给姚宓的信取出来，抚平了折成双折，夹在那本书的那一页里。信是这样写的：

姚宓：

我不敢为自己辩护，只求你宽恕。请容我向你请罪。

假如我能想到自己不得不取消游山之约，当初就不该约你。假如我能想到自己不得不尾随着，我又不该取消这个约。约你，是我错；取消这个约，是我错；私下跟着你，是我错。你如果不能宽恕，那么我只求你不要生气，别以为我是戏弄你。因为我错虽错，都是不得已。

许彦成

你可以回答一声吗？或者，就请你把这张双折的信叠成四折，夹在原处，表示你不生我的气了，可以吗？

又及

彦成临走还对姚太太说："伯母，请告诉姚宓，她要参考的书，我拣出来了，在她的小书桌上。"

过了一天，彦成到了姚家，又到姚宓的小书房去，急忙找出那本书来，翻来翻去，那张双叠的信压根儿不见了。

彦成把小书桌抽屉里的拍纸簿撕下一页，匆匆写了以下一封短信。

姚宓：

　　我诚惶诚恐地等待着，请把这张纸双叠了，也一样。

　　　　　　　　　　　　彦　成

　　过一天，这张纸也没有了。彦成就擅自把一张白纸双折了夹在书里。又过一天，他发现这张白纸还在原处。他就在纸上写道：

姚宓：

　　纸虽然不是你折的，你随它叠成双折了，可以算是默许了吧？

　　　　　　　　　　　　彦　成

　　彦成自己觉得有几分无赖。果然惹得姚宓发话了。她已把信抽走，换上白纸，上面没头没尾的只写了八个字："再纠缠，我告诉妈妈。"

　　彦成觉得惭愧，仿佛看到姚宓拿着一把小剪刀说："我扎你！""我铰你！"

　　他不能接受这个威胁。他就在这张纸的背面草草写了几行字。

　　假如你告诉妈妈，那就好极了，因为我要和丽琳离婚，正想请她当顾问，又不敢打搅她。我离婚之前，不能畅所欲言，只能再次求你不要生气。急切等着你告诉伯母。

　　这回姚宓急着回答了。话只短短两句。

许先生：

　　请不要打搅我妈妈，千万千万。顾问可请我当。

　　　　　　　　　　　　姚　宓

彦成回信如下：

姚宓：

感谢你终于和我说话了。遵命不打搅伯母。那么，我们在什么地方可以会谈呢？你家从前藏书的屋子听说至今还空着。后门的钥匙还在你手里吗？

许彦成

彦成又在信尾写了几个小字：

顾问先生：我的信请替我毁了吧，谢谢。

他把信夹在书里，吐了一大口气，一片痴心等待姚宓回信。

第十二章

姚宓简直没有多余的心情来关念她那份落在余楠手里的稿子。她不愿意增添善保心上的压力,也不愿意请教许先生该怎么对付,暂时且把这件事撇开不顾。

当初,年中小结会上姚宓受了表扬,余楠心上很不舒服,因为他的小组没有出什么成果。他叫善保把这份稿子借来学习,其实是他自己要看。他翻看了一遍。恰好施妮娜到他家去,他把善保支使出去,请施妮娜也看看。两人发现问题很多,都是当前研究西方文学的重要问题。

妮娜认为姚宓的主导思想不对头,所以一错百错,一无是处。应该说,他们那个小组出了废品。妮娜不耐烦细看,一面抽烟,一面推开稿子说:"该批判。"

余楠问:"你们来批吗?"他的"你们"指未来的苏联组。

"大家来,集体批。不破不立,破一点就立一点。"她夹着香烟的手在稿子上空画了一个圈说:"这是一块肥沃的土壤,可以绽放一系列的鲜花呢。将来这一束鲜花,就是咱们的成果。"

花当然可以变果。可是余楠有一点顾虑,不能不告诉妮娜。这份稿子是善保借来的,善保已经几次问他讨回。如要批判,就得瞒着善保。集体批,不能集体同时看一部稿子;稿子在集体间流通,就很难瞒人。他迟疑说:"滔滔同志要看看这部稿子吗?"

妮娜干脆说:"不用! 姜敏闲着呢,叫她摘录了该批的篇章,复写两份或三份。反正我们俩只要一份。余先生你是快手,你先起个稿子,我们再补充。""我们俩"和"我们"当然是指她和江滔滔。

"姜敏没来,得你去吩咐她,她不听我的指挥。"余楠乖巧地说。

妮娜把手一挥,表示没问题。他们暂时拟定的题目是《批判西洋文学研究中的资产阶级的老一套》(一)。题目上的"(一)",表示还有(二)、(三)、(四)等一系列文章。

姜敏还未明确自己究竟属于余楠的小组,还是属于尚未成立的苏联组。她对妮娜自有她的估价,她自信自己能支配妮娜。妮娜这样指挥她,她很不乐意。不过她急要显显本领,而且是批判姚宓,所以很卖力。余楠摇动大笔,立即写出一篇一万多字的批判文章。妮娜认为基调不错,只是缺乏深度和学术性。她提出应该参考的书,江滔滔连抄带发挥补充许多章节,写成一篇洋洋洒洒四五万字的大文章。姜敏在俄语速成班上结识了好些大学里的助教和讲师,就由她交给他们去投给大学的学刊发表。因为是集体创作,四个作者的名字简化为三个字的假名:"汝南文"。

他们盼了好久,文章终于发表了,只是给编者删去很多字,只剩了九千多字。江滔滔为此很生气。可是姜敏认为登出来已经不容易,还是靠她的面子。妮娜觉得幸好题目上的"(一)"字没有去掉,删节的部分下一篇仍然可用。他们自以为爆发了一枚炸弹。不料谁也不关心,只好像放了一枚哑爆仗。

姜敏给几个研究组都寄了一份,除掉外文组没寄,料想外文组一定会听到反响。图书室里也给了两份。可是好像谁都没看见,谁都不关心。江滔滔说:"咱们该用真名字。"余楠也这么想。妮娜说:"可能是题目不惊人。下次只要换个题目,'汝南文'慢慢儿会出名的。"姜敏却不愿意再写第二篇了。摘录,复写,誊清,校对,都是她。滔滔写的字又潦草难认,上下文都不接气,她一面抄,一面还得修改,还不便说自己擅自修改了。她本来以为读者都会急切打听谁是"汝南文",现在看来,连姚宓本人都在睡大觉呢,谁理会呀!

她说:"干脆来个内部展览,把姚宓的稿子分门别类展览出来,一个错误一个标题。红绿纸上写几个大字标题就行。从前姚謇的藏书室不是空着吗,放两排桌子就展开了。"

妮娜笑说:"这倒有速效,展一展就臭了。"

姜敏说:"不是咱们搞臭她,只是为了改正错误。改正了,大家才可以团结一致地工作呀。"

妮娜也赞成。可是隔着纱窗帘能看到余楠支使出去的善保回来了。他们约定下次再谈,就各自散去。

其实他们那篇文章确也有人翻阅的,不过并不关心罢了。关心的只有罗厚。他在文章发表了好多天之后,一个星期六偶然在报刊室发现的。新出的报刊照例不出借,他看见有两份,就擅自拿了一份,准备星期一上午给姚宓许彦成夫妇等人看了再归还。

这个星期天,姚家从前藏书的空屋里出了一件大事——或细事,全社立即沸沸扬扬地传开了。谈论的,猜测的,批评的,说笑的,无非是这一件事。人家见了面就问:

"听说了吗?"

"咳!太不像话了!"

"捉住了一双吗?"

"跑了一个,没追上,那一个又跑了。"

"那傻王八出来喊捉贼,把人家都叫出来了,他又扭住老婆打架。"

"在他们家吗?"

"不,在图书室。"

"哟!是图书室的人吧?"

"你说那傻王八吗? 他是外头的,不住这宿舍。"

"我问的是奸夫。"

"遮着脸呢。说是穿一身蓝布制服,小个子,戴着个法国面罩。"

"什么是法国面罩呀?"

谁都不知道。

各种传闻和推测渐渐归结成一个有头有尾的故事。原来方芳每个星期日上午到图书室加班。她丈夫动疑,跟踪侦察,发现搬空的藏书室反锁着门,里面有笑声。他绕到后门,看出门上钉的木板是虚掩着的,闯进去,就捉住了一双。可是方芳抱住丈夫死也不放。那男的乘间从后门跑了。方芳的丈夫挣脱身追出去，一面喊"捉贼"。方芳穿好衣服，开了前门，悄悄儿溜出来，不防恰被大喊"捉贼"的丈夫看见，一把扭住了问她要人。夫妻相骂相打，闹得人人皆知。方芳脱身跑了，她丈夫还在指手画脚地形容那个逃跑的男人。究竟那人是谁，还是个谜，因为他很有先见，早已做了准备，听到有人进屋，立即戴上一个涂了墨的牛皮纸面罩，遮去面部。罩上挖出两个洞，露出眼珠子。他穿好衣服逃出门，当然就除去面罩，溜到不知哪里去了。

大家纷纷猜测，嫌疑集中在两人身上。一个是汪勃，因为方芳和汪勃亲密是人人知道的。虽然汪勃不穿蓝布制服，而且他是中等身材。可是穿上蓝布制服，也许会显得个儿小。不过据知情人说，方芳已经和汪勃闹翻，还打了他一个大耳光。关于这点，又是众说纷纭。有的说是因为汪勃又和别的女人好上了，有的说汪勃是"老实孩子"，虽然喜欢和女人打打闹闹，却有个界限，"游人止步"的地方他从不逾越。丁宝桂先生却摇头晃脑说："非不为也，是不能也。他偏又喜欢玩儿恋爱，吃一下耳光正是活该。"另一个受嫌疑的是小个儿，也穿蓝布制服。他是社里一个稍有地位的人，人家只放低声音暗示一两个字。

朱千里只有灰布制服。那天他因为前夕写稿子熬夜，早上正在睡懒觉。他老婆上街回来，听说了"法国面罩"和"小个子"，就一把耳朵把他从被窝里提溜出来，追究他哪里去了。

"我不是正睡觉呢吗？"

老婆不信，定要他交出法国面罩。朱千里在家说话，向来不敢高声。可是他老婆的嗓门儿可不小。左邻右舍是否听见，朱千里拿不稳。他感到自己成了嫌疑犯。他越叫老婆低声，她越发吵闹。朱千里憋了一天气，星期一直盼着罗厚到他家去，罗厚说不定会知道那男的是谁。可是左等右等不见罗厚，他就冒冒失失地找到办公室去。他要问出一个究竟，好向老婆交代。

办公室里，罗厚正同许彦成和杜丽琳说话。姚宓在看一本不厚不薄的刊物。

罗厚见了朱千里，诧异说："朱先生怎么来了？"

朱千里想说："你们正在谈傻王八吧？"可是他看着不像，所以改口说："你们谈什么呢？"

罗厚把姚宓手里的刊物拿来，塞给朱千里，叫他读读。朱千里立即伸手掏摸衣袋里的烟斗。可是他气糊涂了，竟忘了带。他一目十行地把罗厚指着给他看的文章看了一遍，还给罗厚说："全是狗屁！"

许彦成笑了。杜丽琳皱着鼻子问："作者叫什么名字？"

朱千里说："管他是谁！我两个脚趾头夹着笔，写得还比他好些！"

罗厚翻看了作者的名字说："汝南文。"

朱千里立即嚷道："假名字！假之至！一听就是假的。什么'乳难闻'，牛奶臭了？"

彦成问："余楠的'楠'吗？"

罗厚说："去掉'木'旁。"

彦成问："三点水一个女字的'汝'吗？文章的'文'吗？"

罗厚点头。

姚宓微笑说:"有了,都是半边。"

彦成钦佩地看了她一眼,忙注目看着丽琳。

罗厚说:"对呀!老河挨着长江,'楠'字去'木','敏'字取'文'。"

朱千里傻头傻脑地问:"谁呢?"

丽琳知道"老河"就是施妮娜,想了一想,也明白过来了。她说:"哦!江滔滔的'水',施妮娜的'女',余楠的'南',姜敏的'文',四合一。"

朱千里呵呵笑道:"都遮着半个脸!"

许彦成说:"很可能这是背着傅今干的,不敢用真名字。矛头显然指着我们这小组。"

罗厚问:"姚宓,你几时说过这种话吗?"

"你指他们批判的例证吗?那些片段都是我稿子里截头去尾的句子。"

"你的稿子怎么会落在他们手里呢?"罗厚诧异地问。

姚宓讲了善保借去学习,余楠拿去不还的事。

丽琳建议让姚宓写一篇文章反驳他们。

姚宓说:"他们又没点我的名,我的稿子也没有发表过。他们批的是他们自己的话。随他们批去,理他们呢!"

彦成气愤说:"这份资料是给全组用的。有意见可以提,怎么可以这样乱扣帽子,在外间刊物上发表了攻击同组的人呢!太不像话了!得把这篇文章给傅今看看,瞧他怎么说。"

罗厚竖起眉毛说:"先得把稿子要回来!倒好!歪曲了人家的资料,写这种破文章,暗箭伤人!他们还打算一篇篇连着写呢!咱们打伙儿去逼着余楠把稿子吐出来。"

朱千里儿番伸手掏摸烟斗,想回家又不愿回家,这时忍不住说:"他推托不在手边,在傅今那儿呢。你们怎么办?"

彦成说:"还是让善保紧着问他要。咱们且不提'汝南文'的破文章,压根儿不理会。等机会我质问傅今。"

姚宓不愿叫善保为难,也不要许先生出力,也不要罗厚去吵架。她忙说:"干脆我自己问余楠要去。假如他说稿子在傅今那儿,我就问傅今要。"

大家同意先这么办,就散会了。

朱千里看见大家要走,忙说:"对不起,我要请问一件事。你们知道什么是法国面罩吗?"

彦成说:"你问这个干吗?"

"戴面罩的是谁,现在知道了吗?"朱千里紧追着问。

罗厚说:"朱先生管这个闲事干吗?"

"什么闲事!我女人硬说是我呢!"

大家看着哭丧着脸的朱千里,忍不住都笑起来。

彦成安慰他说:"反正不是你就完了。事情早晚会水落石出。"

丽琳说:"朱先生,你大概对你夫人不尽不实,所以她不信你了。"

"谁要她信!她从来不信我!可是她闹得街坊都怀疑我了。人家肚子里怀疑,我明知道也没法儿为自己辩护呀!我压根儿没有蓝布制服,连法国面罩都没见过,可是人家又没问我,我无缘无故地,怎么声明呢?"

丽琳说:"咳,朱先生,告诉你夫人,即使她明知那人是你,她也该站在你一边,证明那人不是你。"

朱千里叹气说:"这等贤妻是我的女人吗!罗厚,我是来找你救命的。她信你的话。你捏造一个人名出来就行。"

罗厚说他得先去还掉偷出来的刊物,随后就到朱先生家去。他们两个一同走了。许杜夫妇也走了。姚宓默默地坐了一会儿,独自到余楠家去讨她的稿子。

第十三章

余楠知道每星期一许彦成、杜丽琳的小组在办公室聚会。他也学样，星期一上午在家里开个小会谈谈工作。其实善保压根儿没什么工作。他也在脱产学俄语，不过学习俄语之外，在余楠的指导下，对照着中译本精读莎士比亚的一个剧本。他不习惯待在余家，渐渐地又回到办公室去。所以一周一次的聚会也有必要。

姜敏并没有脱离许彦成和杜丽琳的小组。她觉得自己作为未来的苏联组成员，每个小组开会她都有资格参加。只是"汝南文"的批判文章发表之后，她有点心虚，怕原来的小组责问她或围攻她，所以也跑到余家去开会。开会只是随便相聚谈论。谈了一点工作，余楠又坐到自己的书桌前去干他自己的事，随姜敏和善保一起比较他们学习俄语的进程。

余楠隔着纱窗帘忽见姚宓走进他家院子。他非常警惕，立即支使善保到图书室去借书。善保刚出门，余楠对姜敏使个眼色，姜敏就跟出去。他们劈面碰见姚宓。姜敏说："姚宓，找我们吗?"姚宓说她找余先生。姜敏回身指着屋里说:"余先生在家呢。"她催着善保说:"走吧,我也到图书室去。"余楠就这样把善保支使出去了。

余楠也许感到自己是从善保手里骗取了姚宓的稿子,所以经常防着善保。他却是一点也没有提防宛英。善保一次两次索取这份稿子,宛英都听见。余楠和施妮娜计划批判姚宓,余楠对姜敏说姚宓得挨批等等,宛英都听在耳里,暗暗为姚宓担心。后来又听说要办什么展览,搞臭姚宓,宛英更着急了。她想,假如能把稿子偷出来还给姚宓,事情不就完了吗。可是她满处寻找,找不到姚宓的什么稿子。假如她找到了,假如她偷出去还给姚宓,余楠追究,怎么说呢?

宛英想出一个对付楠哥的好办法。她也找到了姚宓的稿子。

她有一天忽然灵机一动,想起余楠那只旧式书桌的抽屉后面有个空处;余楠提防善保,很可能把姚宓的稿子藏在那里。她趁余楠歇午,轻轻抽出抽屉,果然发现一个牛皮纸袋,里面是一大叠稿子,第一页上姚宓写着自己的名字呢。她急忙把牛皮纸袋取出,塞在书架底层的报纸和刊物底下。这是她按计划行事的第一步。

这天善保到余家开会,宛英有点担心,怕善保看见那个牛皮纸袋,说不定会横生枝节。善保和姜敏走了,她听见余楠请进一个客人,正是姚宓。

余楠开了门,满面堆笑,鞠躬说:"姚宓同志! 请进! 请进! 请坐! 不客气,请坐呀!"

姚宓不坐,进门站在当地说:"余先生,我有一份资料性的稿子,善保说是余先生在看。余先生看完了吧?"

余楠说:"姚宓同志,请坐,请坐下……"

姚宓说:"不敢打搅余先生,余先生请把稿子还我就完了。"

余楠没忘记丁宝桂的话:"最标致的还数姚小姐。"他常偷眼端详。她长得确是好,只是颜色不鲜艳,态度不活泼,也没有女孩子家的娇气。她笑的时候也娇憨,也妩媚,很迷人。可是她的笑实在千金难买。余楠往往白赔着笑脸,她正眼也不瞧,分明目中无人。余楠有点恨她,总想找个机会挫辱她一下。她既然请坐不坐,他做主人的也得站着不坐吗?

"姚宓同志,你不坐,我可得坐下了。"

"余先生请先把稿子还我。"

"姚宓同志,请坐下听我说。"他自己坐下了,随姚宓站着。"你的稿子,我已经拜读了,好得很。可是呢,也不是没有问题,所以傅今同志也要看看呢。"

"傅今同志要看,可以问我要。不过这份稿子只是半成品,得写成了再请领导过目。"

"你太客气了,怎么是半成品呢。年中小结会上,你们小组不是报了成绩吗? 既然是你们小组的成绩,领导总可以审阅啊。"

"当然得请领导审阅。可是我还要修改呢,还没交卷呢。"姚宓还站着,脸上没一丝笑容。

余楠舒坦地往沙发背上一靠,笑说:"姚宓同志,别着急,等领导审阅了,当然会还你。"

"可是余先生怎么扣着我的稿子不还呢?"姚宓不客气了。

余楠带些轻蔑的口吻说:"姚宓同志,你该知道,稿子不是你的私产,那是工作时间内产生的,我不能和你私相授受。"

姚宓冷静地看着余楠说:"稿子是我借给陈善保的。"

余楠呵呵笑着说:"别忘了,善保是咱们的组秘书啊!"

姚宓"哦"了一声,顿了一顿说:"那么我得问傅今同志要去了。再见,余先生。"

余楠也不起身,只说:"那是你的事。不过,我奉劝你,还是别着急。"

姚宓憋着一肚子气出门。她知道余楠和傅今勾结得很紧,傅今的夫人和她的密友对自己又不知道哪来的满腔敌意。她不敢冒冒失失地找傅今告状。她不愿告诉妈妈添她的烦恼。她这时也不便向许彦成求救。罗厚未必能帮忙。她只好听取余楠的劝告"不着急",暂且忍着。

余楠和姚宓的一番话宛英听得清清楚楚,觉得事不宜迟。她已经扬言要找裁缝,预先把衣料和一件做样子的衣服用包袱包上。这天饭后,她等余楠上床午睡,立即把姚宓的一袋稿子塞入衣包,抱着出门。

她慌慌张张赶到姚家,沈妈正吃饭,开门的恰好是姚宓。宛英神色仓皇,关上门,就拿出那袋稿子交给姚宓说:"你要的是这个吧?"

姚宓点看了一下,喜出望外。她诧异地说:"余先生让您送来的吗?"

宛英向前凑凑,低声说:"我给你偷来的!千万千万,谁也别告诉;除了妈妈,谁也别告诉。"她看到姚宓迟疑,忙说:"你放心,我会对付,叫他没法儿怪人,谁也不会牵累。你好好儿藏着,别让他们害你。记着别说出去就是了。"

姚宓感激得把宛英抱了一抱,保证不说出去。宛英不敢耽搁,她卸掉贼赃,不复慌张,轻快地走了。

姚宓回房,姚太太问谁来了。姚宓紧张得好像自己做了贼,喘了两口气,才放下手里的稿子,把善保借看,余楠扣住不还等等,一一告诉。她也讲了"汝南文"的文章和宛英说的"别让他们害你"。

姚太太听完说:"怪道呢,我说你这一程子好像有什么心事似的。"她连声赞叹:"宛英真好!你只给她揉了几下肚子,她竟这样护着你!"她叫姚宓快把稿子藏好。

姚宓快活的是稿子回来了。可是她暗暗惭愧,也暗暗担心。妈妈看出她的心事!她的心事就为这一叠稿子吗?她说不出话,只把脸偎着妈妈。

且说宛英回家,余楠正拉出抽屉,伸手在空处摸索,又歪着脑袋,觑着眼向里张望。他对宛英说:

"我这里有一包东西不见了。"

宛英说:"一个牛皮纸袋儿吧?"

余楠忙问:"你拿了吗?"他舒了一口气。

宛英说:"那天我因为抽屉关不上,好像有东西顶着。我拉开抽屉,摸出个肮脏的纸袋,里面都是字纸——不是你的稿子,也不是信,大约是书桌的原主落下的……"

"你搁哪儿了?"

"搁书架底层了。"她说着就去找,把书架底层的报刊杂志都翻了一遍。余楠也帮着找。

宛英说:"我拿了出来,放在这里的。"她用手拍着她塞那袋稿子的地方。

"你几时拿出来的?"

"是你的吗?有用的吗?"

余楠不愿回答。他的抽屉向来整齐,也不塞得太满,东西绝不会落到抽屉后面去。为什么那袋稿子会在抽屉后面呢?他不便说,只重复追问:"你几时拿出来的?"

宛英想了想:"好多日子了吧,都记不起了,是什么要紧东西吗?"

"当然要紧!"余楠遮盖不了他的满面怒色。

"哟!"宛英着急说:"别让孙妈当废纸卖了。"

原来余楠持家精明,废纸都卖了钱收起来。

宛英叫了孙妈来问。孙妈说:"没看见,不知道,反正都是先生扔在书架底层的,卖的钱都交给太太了。"

孙妈认为卖废纸的钱应该归她。东家连卖废纸的钱都收去,那么,她即使多卖了些废纸,她又没捞到什么油水,还不是东家自己得的好处吗!

宛英反倒埋怨说:"是什么要紧文件吗?啊呀,你怎么不告诉我一声。"

余楠不愿多说,只挥手把宛英和孙妈都赶走,自己耐心又把书架底层细细整理一过,稿子确实没有了。

他暗暗咒骂宛英,咒骂孙妈。以后善保再来追索这份稿子,他怎么推诿呢?妮娜要批判这份稿子,姜敏要展览这份稿子,他怎么说呢?他得动动脑筋。

第 十 四 章

　　姚宓想:假如她约了人在她家从前的藏书室密谈,而方芳和她的情人由前门闯入,那该是多么尴尬的局面呀!不过她当时立即回信拒绝了许彦成,认为没有必要;当顾问,纸上谈也许比当面谈方便些。

　　接着她以顾问的身份说:

　　　　我妈妈常说:"彦成很会护着他的美人。尽管两人性情不很相投,彦成毕竟是个忠诚的好丈夫。"如果你要离婚,妈妈一定说:"夫妻偶尔有点争执,有点误会,都是常情,解释明白就好了,何至于离婚呢!"我也是这个意思。

　　(信尾她要求许先生别把信带出书房,请扔在书桌的抽屉里,她自会处理。)

　　彦成到办公室去接丽琳,经常见到姚宓。她总是那么淡淡的,远远的。彦成暗想:"她只是我的顾问吗?她还在生我的气吗?"最初他们不甚相熟的时候,他们的眼神会在人丛中忽然相遇相识。现在他们的眼神再也不相遇了。她是在逃避,还是因为知道自己是在严密的监视下呢?

彦成得为自己辩解。他忙忙写了一信。

姚宓:

　　　　你错了。我和丽琳之间,不是偶尔有点争执,有点误会,远不是。我自己也错了。我向来以为自己是个随和的人,只是性情有点孤僻,常闷闷不乐,甚至怀疑自己有忧郁症,并且觉得自己从出世就是个错,一言一行,事后回想总觉不得当。我什么都错。为什么要有我这个人呢?

　　　　我现在忽然明白了一件大事。我郁郁如有所失,因为我失去了我的另一半。我到这个世上来是要找"她",我终于找到"她"了!什么错都不错,都不过是寻找过程中的曲折。不经过这些曲折,我怎会找到"她"呢!我好像摸到了无边无际的快乐,心上说不出的甜润,同时又害怕,怕一脱手,又堕入无边无际的苦恼。我得挣脱一切束缚,要求这个残缺的我成为完整。这是不由自主的,我怎么也不能失去我的"她"——我的那一半。所以我得离婚。

(他照旧要求姚宓把信毁掉,也遵命把姚宓的信留在书桌的抽屉里。)

姚宓的回信只是简短的三个问句:

一、"杜先生大概还不知道你的意图,如果知道了,她能同意吗?"

二、"你的'她'是否承认自己是你的'那一半'?"

三、"你到这个世界上来,只是为了找一个人吗?"

彦成觉得苦恼。她好冷静呀！她还没有原谅他吗？他不敢敞开胸怀，只急忙回答问题。

姚宓：

你问得很对。我到这个世上来当然不是为了找一个人，我是来做一个人。可是我找到了"她"，才了解自己一直为找不到"她"而惶惑郁闷。没有"她"，我只能是一个残缺的人。

我把"她"称为自己的"那一半"是个很冒昧的说法。我心上只称她为"ma mie"（请查字典，不是拼音）。我还没有离婚，我怎能求"她"做我的"那一半"呢。

我还不知道丽琳是否会同意离婚。她求婚的事，你谅必知道。我没有按规矩说"我爱你"，因为我没有这个感情，她也没有勉强我，只要求我永远对她忠实，对她说真话。那么，我现在不就该老实把真话告诉她吗？假如我不告诉她，就是对她不忠实；假如老实告诉她，她难道就会觉得我忠实吗？

我当初不该随顺了她。可是，难道我这一辈子，就该由她做主吗？

许彦成

姚太太看出女儿有心事，正是姚宓收到这封信的时候。姚宓还是留心以顾问的身份回信。

许先生：

你的事，经我反复思考，答复如下。

说不说老实话，乍看好像是个进退两难的问题，其实早已不成问题。杜先生无非要求你对她忠实。你对她已不复忠实。而且,从她那天对朱先生说的话里,听得出她压根儿不信你的话了。你呢,也不是为了忠实而要告诉她真情,你只是为了要求离婚,不是吗?

我料想杜先生初次见到你的时候,准以为找到了她的"那一半"。她一心专注,把你当做她不可缺少的"那一半"。她曾为了满足你妈妈的要求,耽误了学业。她为了跟你回国,抛弃了亲骨肉。她一直小心周密地保卫着"她和你的整体"。你要割弃她,她就得撕下半边心,一定受重伤,甚至终身伤残。

你不会为了满足自己的要求而听不到自己对自己的谴责。你不是那种人。你会抱歉,觉得对不起她。你会惭愧,觉得自己道义有亏。你对自己的为人要求严格,你会为此后悔。后悔就迟了。

我作为你的顾问,不得不为你各方面都想到。我觉得除非杜先生坚持要离婚,你不能提出离婚。当然,这并不是说,你一辈子该由她做主。

姚 宓

彦成把姚宓的话反复思忖,不能不承认她很知心,说得都对,也很感激她把自己心上的一团乱麻都理清了。可是他没法儿冷静下来,只怨她"好冷静"。

他写信感谢姚宓为他考虑周到,承认自己的确会对丽琳抱歉,也会自己惭愧,也会鄙薄自己而后悔。但是他说:"我是从头悔起。"

他接着说了两句怨望的话:"可是,顾问先生,你好比天上的安琪儿,只有一个脑袋,一对翅膀。我却是个有血有肉的凡人,有一颗凡人的心。要我舍下'她'——或者,要是'她'鄙弃我,就是撕去我的半边心,叫我终身伤残。"

他又觉得不该胡赖,忙又转过来说:他知道人世间的缺陷无法弥补,可以修补的是人。他会修改自己来承受一切,只求姚宓不要责怪。随她有什么命令,他都甘心服从。

他到姚家去把信带在身上。他和姚太太同听音乐,心上只顾想着这封信,料想这是他和姚宓之间末一次通信了。他闷闷从姚家出来,往办公室去接丽琳,走到半路才想起忘了把信送入姚宓的书橱。他不便再退回去,心想反正立刻会见到姚宓,设法当面传递吧。

办公室里只有外间生个炉子,丽琳和姚宓同坐在炉边看书。彦成跑去站在一边,问问她们看的什么书,随即走入里间,从书橱里找出一本书,大声说:"姚宓,你看了这本书吗?"他随就把信夹在书里交给姚宓。丽琳看见书里夹着些纸,伸手说:"什么书? 我也看看。"姚宓忙着点头,一面把指头夹在书里说:"让我先记下页数,别乱了。"她把书拿到书桌上去,翻出纸笔记完,立即递给丽琳。彦成看见书里仍然夹着些纸,心想:"糟了! 糟了!"屋里并不热,他却直冒汗。可是他偷眼看见丽琳偷偷儿从书里抽出来的只是一张白纸。姚宓像没事人儿一样。彦成觉得姚宓真是个"机灵"的知心人;姚宓想必已经原谅他了。

过一天,他到了姚家,带着几分好奇,到书房去看看姚宓是否回信。他夹信的书里有一张纸条儿,上写"随你有什么命令,我也甘心服从"。

彦成想:"她说得好轻松! 她知道我对她服从,多么艰难痛苦吗?"他也有几分气恼,又有几分失望,觉得她不是个有血有肉的人。他憋不住从拍纸簿上撕下一页白纸,也写了一句话:"假如我像你的未婚夫那样命令你,你也甘心服从吗?"他回家后自觉孟浪,责备自己不该使气。他只希望姚宓还没来得及看见,他可以趁早抽回。可是姚宓已把字条拿走了。

姚宓只为彦成肯接纳她的意思,对他深有同情。她写那句话,无非表示她很满意,并未想到其他。经他一点出,自觉鲁莽;可是仔细想想,她为了彦成,什么都愿意,什么都不顾,只求他不致"伤残"。所以她只简单回答一句话:"我就做你的方芳。"

彦成看到她的回答,就好像林黛玉听宝玉说了"你放心",觉得"如轰雷掣电","比肺腑中掏出来的还恳切"。他记起他和姚宓第二次在那间藏书室里的谈话,如今她竟说愿意做他的方芳!他心上搅和着甜酸苦辣,不知是何滋味。不过他要求的不是偷情;他是要和她日夜在一起,永远在一起。

他回到自己的"狗窝"里去写回信,可是他几次写了又撕掉,只写成一封没头没尾的短信:"我说不尽的感激,可是我怎么能叫你做我的方芳呢。我心上的话有几里长,至少比一个蚕茧抽出的丝还长,得一辈子才吐得完,希望你容许我慢慢地吐。"

他和姚宓来往的信和字条儿,姚宓没舍得毁掉,都夹在一张报纸里,竖立在书橱贴壁。自从"汝南文"的批评文章出现后,姚宓不复勤奋工作,尽管她读书还很用功。她每天上班之前,总到她的小书房去找书。每天——除了星期日,总在办公室上班。看信写信,在办公室比在家方便。

第 十 五 章

　　余楠丢失了姚宓的稿子,有点心神不安。过了好多天之后,他的忧虑渐渐澄清。他觉得自己足智多谋,这点子小事是不足道的。善保容易打发。他如果再开口讨这份稿子,就说姚宓已经亲自向他索取。他不用说稿子还了没有,反正这事姚宓已经和他直接联系,不用善保再来干预。如果施妮娜或姜敏建议要批判或展览这部稿子,他只要说,姚宓亲自来索还了。他得留心别把话说死,闪烁其词,好像已经还了。如果姚宓自己再来索取呢,那就得费些周折。不过他看透这个姚宓虽然固执任性,究竟还嫩,经不起他一唬,就退步了。她显然没敢向傅今去要。对付她可以用各种方法推诿,或者说不记得放在哪儿,或者说,记得已经还了,或者,如果她拉下脸来,就干脆说,稿子已经归还,她不妨到他家来搜寻。看来她碰了一次钉子,不会再来。

　　他不知道姚宓和她妈妈商量之后,确是说,稿子已经归还她了。不然的话,罗厚会捏着拳头吵上门去,许彦成也会向傅今去告状。

　　姚宓的稿子即使没有丢失,余楠也懒得再写什么批判文章。他为那篇文章很气恼。因为施妮娜大手大脚,擅自把稿费全部给了姜敏,只事后通知余楠一声,好像稿费全是她施妮娜的。尽管没几个钱,余楠觉得至少半数应该归他。文章是他写的,江滔滔加上许多不必要的抄袭,结果害他余楠的原稿都给斫掉二三千字。事务工作姜敏是做了不少,施妮娜除了出出主意,却是出力最少的一个。"汝南文"四人里,姜敏是工资最低、最需要稿费的人。可是,如要把稿费都给姜敏,也该由他余楠来卖这个情面呀!可笑姜敏又小姐架子十足,好像清高得口不言钱,谢都没谢他一声。余楠觉得当初幸亏也没有用心写,因为是集体的文章,犯不着太卖力。现在他打定主意,关于姚宓的事,他能不管就撒手不管了。只是对施妮娜他不敢得罪,她究竟是傅今夫人的密友。

　　这天施妮娜来找他,他忙叫宛英沏上妮娜欣赏的碧螺春,一面拿出他最好的香烟来敬客。

　　施妮娜脸色不怎么好看,可是见到余楠的殷勤,少不得勉强敷上笑容。她让余楠为她点上了烟,坐在沙发上叹了一口长气,说道:

　　"余先生,要年终总结了。我听了听老傅的口气,咱们图书资料室的事不用提了。"

　　"什么事?"余楠茫然。他只觉得图书资料室的事妮娜应该先和他谈。

　　"就是方芳闹的事,图书室是咱们管的。不过这是属于私生活的事,还牵涉到有面子的人呢,干脆不提了。老傅也同意我的意见。问题只在咱们外文组,报不出什么像样的成果。说来说去,只有姚宓那一份宝贝资料吗?"

"傅今同志对'汝南文'的批评文章怎么说呢?"

"我叫滔滔给他看看。滔滔乖,先不说是谁写的。他一看不是什么最高学府的刊物,就瞧不起,看了几眼,说'一般,水平不高'。滔滔就没说破'汝南文'是谁。反正只那么一篇,不提就不提吧。没有成果也不要紧,只是得先发制人,别等人家来指摘,该自己先来个批评。"

"批评谁呢?"

"自我批评呀!该批评的就挨上了。你说吧,要是大家眼望一处看,劲儿往一处使,一部《简明西方文学史》早写出来了,至少,出一本《文学史大纲》没有问题。"

余楠附和说:"要大家一条心可不是容易啊。"

"依我说,也并不难,"她夹着香烟一挥手,烟灰掉了一地。"多一个心眼儿只是白费一份力气!苏联的世界文学史也不是每一部都顶用,出版的日期新,理论却是旧的!外行充不得内行。自作聪明,搞出来的东西少说也是废品!不展览也得批评。老傅却说什么'算了,不必多此一举了'。好!放任自流吗?让腐朽思想泛滥吗?"

余楠暗想,准是傅今没有采纳她的意见。他试探说:"做领导也不容易。"

"就是这个话呀!老傅现在是代理社长,野心家多的是,总结会上,由得他们提出这个缺点,那个错误。得要抓紧风向,掌握火势,烧到该烧的地方去,别让自己燎上。你不整人,人家就整你。老傅真是书生气十足,说什么'你不整人,人不整你'。那是指方芳的事呀。姚宓他们那个小组也碰不得吗?"

余楠很有把握地说:"他们反正是走不通的。"

"完全脱离现实,脱离人民。抗美援朝,全国热火朝天,他们却死气沉沉。我和滔滔都在沸腾了。我对姜敏说:'我要是做了你,我就投军去。不上前线,留在后方也可以审讯俘虏。'她,到底是娇小姐,觉悟不高。知识分子不投入火热的斗争,没法儿改造灵魂。我们俩可是坐不住了。我们打算下乡土改去,或者在总结前,或者总结以后。"

"你们不投军吗?"

妮娜笑了。"我老了,滔滔身体又那么弱,能上前线吗? 留在后方审俘虏,我们不会说英语,不比姜敏呀。"

余楠笑说:"我行吗?"

妮娜大笑,笑得直咳嗽:"你得太太跟去伺候呢!"

他们转入说笑,妮娜的恼怒也消了。

余楠从妮娜的话里辨清风向,按自己的原计划,像模像样地写了一份小组工作的年终总结,亲自去交给傅今,傅今看了很满意。余楠顺便说起,姚宓的那份资料,好多人认为有原则性错误,应当批判。可是他认为已经肯定的成绩,不必再提,当做废品就完了。这只怪小组长把关不严,却不该打击年轻人的积极性。他建议傅今作为外文组的组长,在合适的时候,向小组长指出他的职责就行,不要公开批判,有伤和气——当然他不主张一团和气,可是外文组只是个很小的组,除了傅今同志,还没有一个有修养的党员,恐怕还不具备批评——自我批评的精神,目前是团结至上,尽量消除可以避免的矛盾。

一席话，说得傅今改容相敬，想不到他竟是个顾全大局的热心人。这就好比《红楼梦》里贾宝玉挨贾政毒打以后，王夫人听到了袭人的小报告，想不到这个丫头倒颇识大体。余楠自己大约也像袭人一样，觉得自己尽忠尽责，可以无愧于心。

傅今的年终总结会开得很成功，他肯定了成绩，例如基本上完成了什么什么工作，写出了多少字的初稿等；同时指出缺点，例如政治学习不勤呀，工作纪律松弛呀，思想上、生活上存在资产阶级思想的腐蚀呀等等。总的说来，欠缺出色的成果。因此他提出如何改进工作的几点建议和几点希望。会开得相当顺利，谁也没有非难他。

至于方芳的事，她曾在一个极小的小会上作了一个深刻的检讨，承认自己"情欲旺盛"而"革命意志薄弱"，和她的丈夫恰恰相反。以后她不能向自己的苦闷低头，要努力向她的丈夫学习。范凡认为她是诚恳而老实的。方芳也承认自己是主动的一方，所以被动的那方只写了一个书面检讨，范凡向他提出劝诫和警告，没有公开批评。傅今总结里所说的"生活上存在资产阶级的腐蚀"就指这件事。

倒霉的是朱千里，他没法向老婆证明自己不是方芳的情人，罗厚也没能确切证实是谁。不过朱千里自己说："反正我也虱多不痒了。不管哪个女人跟我说一句话，她就是我的姘头。"

新年以后，各组进一步明确了工作计划，大家继续按计划工作。只许彦成在春分前后接到天津家里的电报，说老太太病重。他和杜丽琳一同请假到天津去住了些时候。

第 十 六 章

罗厚记得姚宓有几本法文小说的英译本,想借来对照着读原文。姚宓却反对这样学外文,说罗厚偷懒,不踏实。她主张每个生字都得亲自查字典,还得认认这个字上面和下面有关的字,才记得住。罗厚不和她争辩,趁她不在家,私下见了姚伯母,就到姚宓的小书房去找书。自从他帮姚家搬书以来,他曾进去过几次,看见里面收拾得整齐干净,他并没在意。他没有站在书橱前浏览阅读的习惯,所以难得去。

他要的书没找到,却发现了许彦成和姚宓来往的信和字条儿,夹在折叠的报纸里,塞在书柜靠边。因为不像一般情书,他拿来就看了几页。原来两人秋游确有其事!他一口气读完,自己缩缩脖子,伸伸舌头。好家伙!姚宓疯了吗?要做方芳了!妈妈都不顾了!老许也疯了吗?要离婚!咳,这是从何说起呢。信上没有日期,看来后面还有长信,可是姚宓准是藏在别处了。姚家的事他向来关心,许彦成和他也够朋友,他该找姚宓切实谈谈,又觉得不好开口,还是等老许回来,男人和男人好说话。不过这种事,他能介入吗?

许彦成离京很匆促,他向领导请了假就急忙和丽琳同回天津。姚太太过了两天才接到他的信,说是他妈妈得了胃癌,正待开刀。他没留地址,只说过些时再写信。过了很久,他又来信,说他妈妈已经动过手术,很顺利。他每次给姚太太写信,也给领导写信,所以善保知道他的情况。外文组办公室里都知道。

许老太太安然出院,虽然身体虚弱,恢复得很快。她还是坚决不愿意到北京来。小丽还是不肯离开奶奶,也不肯离开她的姑姑,对父母总是陌生,不肯亲近。彦成夫妇不能再多耽搁,辞别了天津的家人又回北京。

他们是临晚到北京的。彦成当晚就要到姚家去送包子,丽琳说:"咱们先得向领导销假,再看朋友。"彦成说,领导那里反正早有信续假了。丽琳说,这早晚姚太太该已休息了,不能为几个包子去打扰她。丽琳说的都对,彦成无可奈何。他已经多时不见姚宓,也无法通信,只能在给姚太太的信尾附笔问候一句,他实在想念得慌。他知道丽琳是存心不让他见到姚宓。如果明天白天去拜访姚太太,姚宓在上班呢,他见不到。

他们俩明早到傅今的办公室去向傅今销假。傅今问了许老太太的病情,就给他们看一份社里的简报。彦成还在和傅今谈话,丽琳看了简报,立即含笑向傅今道贺。原来他已由代理社长升做正社长了。范凡当了副社长。彦成接过简报看下去,古典组成立了《红楼梦》研究小组,由汪勃任小组长。另一个小组是"古籍标点注释小组",丁宝桂是小组长。外文组由余楠和施妮娜分别担任正副组长,原先的四个小组完全照旧,傅今不再兼任组长。彦成看完用手指点着给丽琳看。

傅今正留意看他们夫妇的反应。他承认自己多少失去了点儿平衡,太偏向余楠了。可是余楠靠拢组织,接受新事物的能力也比较强,对立场观点方面的问题掌握得比较稳,和妮娜也合作得好。社里人事更变的时候正逢彦成夫妇请假,组长一职就顺顺当当由余楠担任了。不过傅今觉得这事还需解释一番,所以赔笑说:

"我考虑到许先生学问渊博,组长该由许先生当。可是我记得上次请许先生当图书资料室主任,许先生表示对行政工作不大感兴趣。余先生呢,对行政事务很热心。他年纪大些,人事经验也丰富些。我想,请许先生当组里的顾问或许更合适些,没事不打搅,有事可以请教。"

彦成说:"我现成是小组长,又当什么顾问呢?"

傅今说:"小组长只管小组,顾问是全组的。"

彦成笑说:"不必了,小小一个外文组,正副两个组长,再加四个小组长,官儿已够多,还要什么顾问!"

傅今偷看了他一眼,忙说:"这样:领导小组的扩大会议,请许先生出席。"他觉得女同志也得照顾,接下说:"社里现在成立了妇女会,正会长是一位老大姐,我想再加一位副会长,请杜先生担任。"

丽琳忙摇手说:"算了,我不配。我连小组长都要辞呢,单我一个人,成什么小组。不过我不懂,别的组只有一个组长,为什么我们组要一正一副呀?"

傅今忙解释:"研究外国文学得借重苏联老大哥的经验。苏联组因为缺人,还没成立单独的组,暂时属于外文组,当然该还它相当的地位。"

丽琳表示心悦诚服,不过她正式声明妇女会的副会长绝不敢担当,请傅今同志别建议增添什么副会长。许彦成郑重申明他不当组里的顾问,他如有意见,会向组长提出;领导核心小组的扩大会议如要他参加,他一定敬陪末座(他想:反正我旁听就是了)。傅今惟恐他们俩闹情绪,看样子他们不很计较,外文组的人事更动算是妥帖了。他放下了一件大心事,居然一反常态,向丽琳开玩笑说:"小组长你可辞不得。你们不是夫妻组吗?取消了妻权,岂不成了大男子主义呢!"

丽琳不愿多说,含糊着不再推辞。

他们俩回到家里,彦成长叹了一口气。

丽琳说:"趁咱们不在,余楠升了官,咱们在他管下了——也怪你不肯巴结,开会发言,只会结结巴巴。"

彦成只说:"傅今! 唉!"他摇头叹气。

丽琳埋怨说:"请你当顾问,干吗推?"

彦成说:"这种顾问当得吗?"

"挂个名也好啊。"

彦成说:"你干吗不当妇女会的副会长呢?"

两人默然相对。丽琳叹息说:"这里待不下去了。"

彦成勉强说:"其实,局面和从前也差不多。"

"现在他们可名正言顺了! 我说呀,咱们还是到大学里教书去,省得受他们排挤。"

"可是大学里当教师的直羡慕咱们呢。不用备课,不用改卷子,不用面对学生。现在的学生程度不齐,要求不一,教书可不容易! 不是教书,是教学生啊。咱们够格儿吗? 你这样的老师,不说你散布资产阶级毒素才怪! 况且咱们教的是外国文学。学生问你学外国文学什么用,你说得好吗?"

"咱们也只配做做后勤工作,给人家准备点儿资料。"丽琳泄了气。"他们要怎么利用,就供他们利用。"

"他们两眼漆黑,知道咱们有什么可供利用的吗! 只要别跟他们争就完了。咱们只管种植自己的园地。"

丽琳不懂什么"种植自己的园地"。彦成说明了这句话的出处,丽琳说她压根儿没有"自己的园地"。她呆呆地只顾生气。彦成在自己的"狗窝"里翻出许多书和笔记,坐在书堆里出神。

饭后三四点钟,丽琳跟着彦成去看望姚太太,并送些土仪。他们讲起外文组的新班子。姚太太说,据阿宓讲,余楠已经占用了办公室的组长办公桌,天天上午去坐班,年轻人个个得按时上班,罗厚只好收紧骨头了。丽琳问起姚宓,姚太太说她在乱看书,正等着你们两位回来呢。

彦成想多坐一会儿,等姚宓回家,因为他写了一个便条要私下交给她。他不能让姚太太转交,也没有机会去塞在小书房里;即使塞在小书房里,怎么告诉姚宓有个便条等着她呢。丽琳却不肯等待,急要回家。彦成不便赖着不走,只好怏怏随着她辞出。

可是他们出门就碰见姚宓骑着自行车回来。她滚鞍下车说:"许先生杜先生回来了!"她扶着车和他们说了几句话。

彦成趁拉手之便,把搓成一卷的便条塞给姚宓。丽琳的第三只眼睛并没有看见。

第 十 七 章

许彦成请姚宓星期日上午准十点为他开了大门虚掩着，请姚宓在小书房里等他。

天气已经和暖，炉火早已撤了，可是还没有大开门窗。他可以悄悄进门，悄悄到姚宓的书房里去。

姚宓惴惴不安地过了两天。到星期日早上，她告诉妈妈要到书房用功去，谁来都说她不在家。那天风和日丽，姚家的小院里，迎春花还没谢，紫荆花和榆叶梅开得正盛。她听见先后来了两个客人。将近十点，姚太太亲自送第二个客人出门。姚宓私幸没把大门开得太早。她从半开的一扇窗里，看见她妈妈送走了客人回来，扶杖站在院子里看花。姚宓直着急。如果妈妈站着不进屋，她怎么能去偷开大门呢？她不开门，叫许彦成傻站在门口，怎么行呢？

她跑出来说："妈妈，别着凉！"

妈妈说："不冷！这么好太阳，你也不出来见见阳光——陆姨妈特意挑了星期天来，为的是要看见你(陆姨妈是罗厚的舅妈),可是我替你撒谎了。"

姚宓一面听妈妈讲陆姨妈,一面焦急地等着一分钟一分钟过去。十点了,许彦成在门口吗?

姚宓假装听见了什么,抬头说:"谁按铃了吗?"她家门口的电铃直通厨房,院子里听不真。

姚太太说:"没有。你不放心,躲着去吧。"

姚宓说:"悄悄儿的,让我门缝里张张。"

她从门缝里一张,看见有人站在门外,当然是许彦成来了。她怕许彦成不知道她妈妈在院子里,一开门,就大声叫:"妈妈,许先生来了。"她关上门,自己回书房去,心上却打不定主意。她该出来陪客呢? 还是在书房等待? 许彦成也许以为她是故意借妈妈来挡他,那么,他就不会到书房来了。假如她出来陪客,她不是早对妈妈说过,什么客都不见吗。

姚太太带着彦成一同进屋。彦成礼貌地问起姚宓。

姚太太说:"这孩子,变成个死用功了! 她是好强? 还是跟不上呀?"

彦成问:"她在忙什么?"

姚太太说:"一大早对我说,她要用功,谁来都说不在家。"

彦成想:"她是在等我。"心上一块石头落地。他说:"我看看她去,行不行?"

姚太太点头说:"你是导师,叫她放松点儿吧。"

她拿起一本新小说,靠在躺椅里看。大概书很沉闷,她看不上几页就瞌睡了,也不知睡了多久,等她睁眼,眼前的人不是许彦成,却是杜丽琳。

丽琳惶恐说:"伯母,把您吵醒了——沈大妈说彦成没有来,待会儿他如果来了,请伯母叫他马上回家去,有人等着他呢。"

姚太太说:"彦成来了,在阿宓的书房里。"她指指窗外说:"半开着一扇窗的那里。"她一面想要起身。

丽琳忙说:"伯母不动,我找去。"

"你去过吗?靠大门口,穿过墙洞门,上台阶。"

丽琳说她会找,向姚太太连连道歉,匆匆告辞,独自找到墙洞门口。她曾看见墙洞门后有个破门,门上锁着生锈的大铁锁,书房想必就在那里。她轻悄悄穿过墙洞门,轻悄悄走上台阶,看见门上的铁锁不见了,就轻轻地开了门,轻轻地推开。

她站在门口,凝成了一尊铁像。

许彦成和姚宓这时已重归平静。他们有迫切的话要谈,无暇在痴迷中陶醉。不过他们觉得彼此间已有一千年的交情,他们俩已经相识了几辈子。

小书房里只有一张小小的书桌,一只小小的圆凳。这时许彦成坐在小书桌上,姚宓坐在对面的小圆凳上,正亲密地说着话儿。她的脸靠在他膝上,他的手搭在她臂上。彦成抬头看见了丽琳,姚宓回头一看,两人同时站起来。

姚宓先开口。她笑说:"杜先生,请进来。"她笑得很甜,很妩媚。丽琳觉得那是胜利者的笑。

彦成说:"我们有话跟你谈呢。"

丽琳走进书房铁青了脸说:"谈啊。"

姚宓说:"杜先生先请坐下,好说话。"她请丽琳坐在小圆凳上,彦成还坐在桌上,姚宓拉过带着两层台阶的小梯子,坐在底层上。她郑重说:

"杜先生，我只有一句话，请你相信我。我绝不走到你们中间来，绝不破坏你们的家庭。"

彦成说："我绝不做对不起你、对不起她、对不起姚伯母的事。我也请你相信我。"

丽琳没准备他们这么说。可是这种话纯是废话罢了。她不想和姚宓谈判，这里也不是她和彦成理论的地方。她一声不吭，只对彦成说："家里有人找你，姚伯母说，你在这里呢。"

"谁找我？"

"要紧的人，要紧的事，我才赶出来找你的。"

姚宓说："杜先生、许先生快请回吧。"

彦成还要去和姚伯母说一声。姚宓说："不用了，我会替你们说。"

丽琳说："我已经告诉姚伯母了。"

彦成一出门就问丽琳："真的有人找吗？"

丽琳冷笑说："我是顺风耳朵千里眼？听到你们谈情说爱，看到你们necking，就赶来了？"

彦成不服气说："你看见我们了，是necking吗？"

"还有没看见的呢！从看到的，可以猜想到没看见的。"

"别胡说，丽琳，你亲眼看见了，屋子里还开着一扇窗呢。"

"可是书房比院子高出五六尺，开着窗，外边也看不见里边。况且开的是西头的窗，你们俩都在东头——真没想到，姚家还有这么一个幽会场所！"

彦成说："我可以发誓，这是我第一次在那儿和姚宓见面。"

"见面！你们别处也见面啊！在那屋里，何止见面呀！"

彦成生气说:"哦! 你是存心来抓我们的?"

丽琳说:"真对不起,打搅了你们。我要早知道,就识趣不来了——刚才是余楠来看我们。"

"他还等着我吗?"

"他亲自来请咱们吃饭,专请咱们俩。一会儿咱们到他家去。"

"你答应他了?"

"好意思不答应吗? 他从前请过,你不领情。现在又不去,显得咱们闹情绪似的。组长赏饭,吃他的就完了。"

"有朱千里吗?"

"没说,大概没有。"

"哼,又是他的手段,拉拢咱们俩,孤立朱千里。"

他们说着话已经到家。丽琳一面找衣服,一面叹气说:"我真得向你们两位道歉,打断了你们的绵绵情话。可是,她已经走到咱们中间来了,你们还说那些废话干吗呢!"

"我们是一片至诚的话。"

"'我们'!! 你们两个成了'我们'了,我在哪儿呢? 不是在你之外吗? 还说什么'不走到你们中间来'! 多谢你们俩的'一片至诚'! 我不用你们的'一片至诚'! 她想破坏咱们的家庭吗? 叫她试试! 你想做对不起人的事吗? 你也不妨试试! 我会去告诉傅今,告诉范凡,告诉施妮娜、江滔滔,叫他们一起来治你!"

彦成气得说:"你一个人去吃饭吧,我不去了。"

丽琳已经换好鞋袜,洗了一把脸,坐在妆台的大圆镜子前面,轻巧地敷上薄薄一层脂粉,唇上涂些天然色唇膏,换上衣

服,对着穿衣镜扣扣子。她瞧彦成赌气,就强笑说:

"我都耐着气呢,你倒生我的气!咱们一家人不能齐心,只好让人家欺负了。"

"你不是和别人一条心吗?我等着你和别人一起来治我呢!"

"难道你已经干下对不起人的事了,怕得这样!你这会儿不去,算是扫我的面子呀?反正我的心你都当废物那样扔了,我的面子,你还会爱惜吗——还说什么对得起、对不起我!"

彦成心上隐隐作痛,深深抱愧,沉默了一会儿,他说:"我对不起你。"

丽琳觉得这时候马上得出门做客,不是理论的时候。况且他们俩的事,也不是三言两语就说得完的。说得不好,彦成再闹别扭,自己下不来台。她瞥了彦成一眼,改换了口气说:"你不用换衣裳,照常就行。"

彦成忽见丽琳手提袋里塞着一盒漂亮的巧克力糖,他诧怪说:"这个干吗?"

"他家有个女儿啊,只算是送她的。你好意思空手上门吗?"

彦成乖乖地跟着丽琳出门。他心上还在想着姚宓,想着他们俩的深谈。

第十八章

许彦成回来几天了。罗厚已经等待好久，准备他一回来就和他谈话。可是事到临头，罗厚觉得没法儿和许彦成谈，干脆和姚宓谈倒还合适些。

余楠定的新规章，每星期一下午，他的小组和苏联组在他家里聚会——也就是说，善保和姜敏都到他家去，因为施妮娜和江滔滔都下乡参与土改了。办公室里只剩了罗厚和姚宓两人。

罗厚想，他的话怎么开头呢？他不知从何说起，只觉得很感慨，所以先叹了一口气说：

"姚宓，我觉得咱们这个世界是没希望的。"

姚宓诧异地抬头说："哟，你几时变得悲观了呀？"

"没法儿乐观！"

"怎么啦？你不是乐天派吗？"

"你记得咱们社的成立大会上首长讲的话吗？什么要同心协力呀，为全人类做出贡献呀，咱们的使命又多么多么重大呀……"

"没错啊。"

"首长废话!"

"咳,罗厚!小心别胡说啊!"

"哼!即小见大,就看看咱们这个小小的外文组吧。这一两年来,人人为自己打小算盘,谁和谁一条心了?除了老许,和你……"

姚宓睁大了眼睛,静静地注视着他。

"可是你们俩,只不过想学方芳!"

罗厚准备姚宓害臊或老羞成怒。可是她只微笑说:"哦!我说呢,你干吗来这么一套正经大道理!原来你到我书房里去过了。去乱翻了,是不是?还偷看。"

罗厚扬着脸说:"我才不偷看呢,我也没乱翻。我以为是什么正经东西。我要是知道内容,请我看都不要看。我是关心你们,急要知道是怎么回事。只怪我自己多事,知道了你们的心思又很同情。偏偏能帮忙的,只有我一人。除了我,谁也没法儿帮你们。我一直在等老许回来和他谈。现在他回来了,我又觉得和他谈不出口,干脆和你说吧。"

"说啊。可是我不懂你能帮什么忙,也不懂这和你的悲观主义有什么相干。"

"就因为帮不了忙,你们的纠缠又没法儿解决,所以我悲观啊!好好儿的,找这些无聊的烦恼干什么!一个善保,做了'陈哥儿',一会儿好,一会儿'吹',烦得要死。一个姜敏更花样了,又要打算盘,又要要政治,又要抓对象。许先生也是不安分,好好儿的又闹什么离婚。你呢,连妈妈都不顾了,要做

1 9 3

方芳了！"

姚宓还是静静地听着。

罗厚说："话得说在头里。我和你，河水不犯井水。我只是为了你，倒霉的是我。"他顿了一下说："我舅舅舅妈——还有你妈妈，都有一个打算——你不知道、我知道——他们要咱们俩结婚。你要做老许的方芳，只好等咱们结了婚，我来成全你们。我说明，我河水不犯你井水。"

姚宓看着他一本正经的脸，听着他荒谬绝伦的话，忍不住要大笑。她双手捧住脸，硬把笑压到肚里去。她说："你就做'傻王八'？"

"我是为你们诚心诚意地想办法，不是说笑话。"罗厚很生气。

姚宓并没有心情笑乐，只说："可你说的全是笑话呀！还有比你更荒谬的人吗？你仗义做乌龟，你把别人都看成了什么呢？——况且，你不是还要娶个粗粗壮壮、能和你打架的夫人吗？她不把我打死？"

罗厚使劲说："我不和你开什么玩笑，这又不是好玩儿的事。"

姚宓安静地说："你既然爱管闲事，我就告诉你，罗厚，我和许先生——我们昨天都讲妥了。我们当然不是只有一个脑袋、一对翅膀的天使，我们只不过是凡人。不过凡人也有痴愚的糊涂人，也有聪明智慧的人。全看我们怎么做人。我和他，以后只是君子之交。"

罗厚看了她半天，似信不信地说："行吗？你们骗谁？骗自己？"

"我们知道不容易,好比攀登险峰,每一步都难上。"

罗厚不耐烦说:"我不和你打什么比方。你们明明是男人女人,却硬要做君子之交。当然,男女都是君子,可是,君子之交淡如水,你们能淡如水吗?——不是我古董脑袋,男人女人做亲密的朋友,大概只有外国行得。"

"看是怎么样儿的亲密呀!事情困难,就做不到了吗?别以为只有你能做英雄好汉——当然,不管怎样,我该感谢你。许先生也会感谢你。可是他如果肯利用你,他成了什么了呢!"

罗厚着慌说:"你可别告诉他呀!"

姚宓说:"当然,你这种话,谁听了不笑死!我都不好意思说呢。况且,'若要人不知,除非己莫为',谁也帮不了忙。我认为女人也该像大丈夫一样敢作敢当。"

"你豁出去了?"罗厚几乎瞪出了眼睛。

姚宓笑说:"你以为我非要做方芳吗?我不过是同情他,说了一句痴话。现在我们都讲好了。我们互相勉励,互相搀扶着一同往上攀登,绝不往下滑。真的,你放心,我们绝不往下滑。我们昨天和杜先生都讲明白了。"

"告诉她干吗?气她吗?"

姚宓不好意思说给她撞见的事,只说:"叫她放心。"

罗厚说:"啊呀,姚宓,你真傻了!她会放心吗?好,以后她会紧紧地看着你,你再也别想做什么方芳了!我要护你都护不成了。"

姚宓说:"我早说了不做方芳,绝不做。你知道吗,'月盈则亏',我们已经到顶了,满了,再下去就是下坡了,就亏了。"

罗厚疑疑惑惑对姚宓看了半晌说:"你好像顶满足,顶自信。"

姚宓轻轻吁了一口气,摇摇头说:"我不知道。我也没有自信。"

罗厚长吁短叹道:"反正我也不懂,我只觉得这个世界够苦恼的。"

他们正谈得认真,看见杜丽琳到办公室来,含笑对他们略一点头,就独自到里间去看书,直到许彦成来接她。四个人一起说了几句话,又讲了办公室的新规章,夫妻俩一同回去。

罗厚听了姚宓告诉他的话,看透许杜夫妇俩准是一个人监视着另一个。等他们一走,忍不住对姚宓做了一个大鬼脸,跷起大拇指说:"姚宓,真有你的! 不露一点声色。善保和姜敏假如也在这儿,善保不用说,就连姜敏也看不破其中奥妙,还以为他们两口子亲密得很呢!"他瞧姚宓咬着嘴唇漠无表情,很识趣地自己看书去了。

且说许杜夫妇一路回家,彼此并不交谈。

昨天他们从余楠家吃饭回家,彦成说了一句"余太太人顶好"。丽琳就冷笑说:"余楠会觉得她好吗?"彦成就封住口,一声不言语。

丽琳觉得彦成欠她一番坦白交代。单单一句"我对不起你",就把这一切岂有此理的事都盖过了吗? 他不忠实不用说,连老实都说不上了。她等了一天。第二天他还是没事人一般。

彦成却觉得他和姚宓很对得起杜丽琳。姚宓曾和他说:"咱们走一步,看一步,一步都不准错。走完一步,就不准缩脚退步，就是决定的了。"彦成完全同意。他们一步一步理论，一点一点决定。虽然当时她的脸靠在他膝上，他的手搭在她臂上，那不过是两人同心，一起抉择未来的道路。

彦成如果早听到丽琳的威胁，准照样回敬一句："你也试试看！"她要借他们那帮人来挟制他，他是不吃的。他虽然一时心软，说了"我对不起你"，却觉得他和姚宓够对得起她的。姚宓首先考虑的是别害他辜负丽琳。丽琳却无情无义，只图霸占着他，不像姚宓，为了他，连自身都不顾。所以彦成觉得自己理长，不屑向丽琳解释。况且，怎么解释呢？

他到家就打算钻他的"狗窝"。

丽琳叫住了他说："昨天的事，太突兀了。"

她向来以为恋爱掩盖不住，好比纸包不住火。从前彦成和姚宓打无线电，她不就觉察了吗。游香山的事她动过疑心，可是她没抓住什么，只怕是自己多心。再想不到他们俩已经亲密到那么个程度了！好阴险的女孩子！她那套灰布制服下面掩盖的东西太多了！丽琳觉得自己已经掉落在深水里，站脚不住了。彦成站在"狗窝"门口，一声不响。

丽琳干脆不客气地盘问了："她到底是你的什么？"

"你什么意思？"彦成瞪着眼。

"我说，你们是什么关系？她凭什么身份，对我说那种莫名其妙的话？"

彦成想了一想说："我向她求婚，她劝我不要离婚。"

"我不用她的恩赐！"丽琳忍着气。

彦成急切注视着她，等待她的下一句。可是丽琳并不说宁愿离婚，只干笑一声说："我向你求婚的时候，也没有她那样嗲!"

彦成赶紧说:"因为她在拒绝我,不忍太伤我的心。"

"拒绝你的人,总比求你的人好啊!"丽琳强忍着的眼泪,簌簌地掉下来。

彦成不敢说姚宓并不是不愿意嫁他而拒绝他。他看着丽琳下泪,心上也不好受。他默默走进他的"狗窝",一面捉摸着"我不用她的恩赐"这句话的涵义。她是表示她能借外力来挟制他吗?不过他又想到,这也许是她灰心绝望,而又感到无所依傍的赌气话,心上又觉抱歉。

丽琳留心只用手绢擦去颊上的泪,不擦眼睛,免得红肿。她不愿意外人知道。她是爱面子的。不过彦成如要闹离婚,那么,瞧着吧,她绝不便宜他。

他们两人各自一条心,日常在一起非常客气,连小争小吵都没有,简直"相敬如宾"。彦成到姚家去听音乐,免得丽琳防他,干脆把她送到办公室,让她监守着姚宓。他从姚家回来就到办公室接她。不知道底里的人,准以为他们形影不离呢。

不过他们两人这样相持的局面并不长。因为"三反"运动随后就转入知识分子的领域了。

第三部

沧浪之水清兮

第 一 章

朱千里懵懵懂懂地问罗厚:"听说外面来了个'三反',反奸商,还反谁?"

"三反就是三反。"罗厚说。

"反什么呢?"

"一反官僚主义,二反贪污,三反浪费。"

朱千里抽着他的臭烟斗,舒坦地说:"这和我全不相干。我不是官,哪来官僚主义?我月月领工资,除了工资,公家的钱一个子儿也不沾边,贪污什么?我连自己的薪水都没法浪费呢!一个月五块钱的零用,烟卷儿都买不起,买些便宜烟叶子抽抽烟斗,还叫我怎么节约!"

因此朱千里泰然置身事外。

群众已经组织起来,经过反复学习,也发动起来了。

朱千里只道新组长的新规章严厉,罗厚没工夫到他家来。他缺了帮手,私赚的稿费未及汇出,款子连同汇票和一封家信都给老婆发现。老婆向来怀疑他乡下有妻子儿女,防他寄家用。这回抓住证据,气得狠狠打了他一个大嘴巴子,顺带抓一把脸皮,留下四条血痕。朱千里没面目见人,声称有病,躲在家里不敢出门。

他渐渐从老婆传来的话里,知道四邻的同志们成天都在开会,连晚上都开,好像三反反到研究社来了。据他老婆说,曾有人两次叫他开会,他老婆说他病着,都推掉了。朱千里有点儿不放心。最近又有人来通知开紧急大会,叫朱先生务必到会。朱千里得知,忽然害怕起来,想事先探问一下究竟。

他脸上的伤疤虽然脱掉了,红印儿还隐约可见,只好装作感冒,围上围巾,遮去下半部脸,出来找罗厚。办公室里不见一人,据勤杂工说,都在学习呢。学习,为什么都躲得无影无踪了呢?他觉得蹊跷。

他和丁宝桂比较接近,想找他问问,只不知他是否也躲着学习呢。他跑到丁家,发现余楠也在。

朱千里说:“他们年轻人都在学习呢。学习什么呀?学习三反吗?咱们老的也学习吗?”

丁宝桂放低了声音诧怪说:“你没去听领导同志的示范检讨吗?”

朱千里说他病了。

余楠说:“没来找你吗?朱先生,你太脱离群众了。”

朱千里懊丧说:“我老伴说是有人来通知我的,她因为我发烧,没让我知道。”

余楠带些鄙夷说:“明天的动员报告,你也不知道吧?”余楠和朱千里互相瞧不起,两人说不到一块儿。这时朱千里只好老实招认,只知道有个要紧的会,却不知道究竟是什么会。

丁宝桂说:"老哥啊,三反反到你头上来了,你还在做梦呢!"

"反我? 反我什么呀?"朱千里摸不着头脑,可是瞧他们惶惶不安的样儿,也觉得有点惶惶然。

据丁宝桂和余楠两人说,社里的运动开始得比较晚了些。不过,傅今和范凡都已经做过示范检讨。傅今检讨自己入党的动机不纯。他因为追求资产阶级的女性没追上,争口气,要出人头地,想入党做官。群众认为他检讨得不错,挖得很深,挖到了根子。范凡检讨自己有进步包袱,全国解放后脱离了人民,忘了本,等等。群众对两位领导的检讨都还满意。理论组的组长检讨自己自高自大,目无群众,又为名为利,一心向上爬。现当代组的组长检讨自己好逸恶劳,贪图享受。群众还在向他们提意见。后一个是不老实,前一个是挖得不深。古典组和外文组落后了,还没有动起来。因为丁宝桂不过是个小组长(古典组的召集人已由年轻的组秘书担任)。他也并没有意识到自己该做什么检讨。汪勃是兼职,运动一开始就全部投入学校的运动了。外文组的余楠是新任的组长,范凡并没有要求他做检讨。图书资料室也没动,施妮娜还和江滔滔同在乡间参加土改,一时不会回来。据说运动要深入,下一步要和大学里一个模式搞。所以要召开动员大会。

丁宝桂嘀咕说:"我又没有追求什么资产阶级女性,叫我怎么照模照样的检讨呢? 我也没有自高自大,也不求名,也不求利,也不想做官……"余楠打断他说:"你倒是顶美的! 你那一套是假清高,混饭吃!"

丁宝桂叹气说:"我可没本事把自己骂个狗血喷头。我看那两个示范的检讨准是经过什么'核心'骂来骂去骂出来的。只要看看理论组组长和现当代组组长的检讨,都把自己骂得简直不堪了,群众还说是'不老实','很不够'。"

余楠原是为了要打听"大学里的模式"是怎么回事。丁宝桂有旧同事在大学教课,知道详情。可是丁宝桂只说:

"难听着呢! 叫什么'脱裤子,割尾巴'! 女教师也叫她们脱裤子?!"

朱千里乐了。他说:"狐狸精脱了裤子也没有尾巴,要喝醉了酒才露原形呢。"

丁宝桂说:"哟! 你倒好像见过狐狸精的!"

余楠不愿意和他们一起说怪话。和这一对糊涂虫多说也没用,还是该去探问一下许彦成夫妇。他觉得许彦成虽然落落难合,杜丽琳却还近情。上次他请了一顿饭,杜丽琳不久就还请了。他从丁家辞出,就直奔许家。

杜丽琳在家。如今年轻人天天开会,外文组的办公室里没人坐班了,余楠自己也不上班了。丽琳每天下午也不再到办公室去。她和彦成暂且除去前些时候的隔阂,常一同捉摸当前的形势,讨论他们各自的认识。

余楠来访,丽琳礼貌周全地让座奉茶,和悦地问好。余楠问起许彦成,丽琳只含糊说他出去借书了。余楠怀疑丽琳掩遮着什么。可是问到大学里的三反,她很坦率地告诉余楠,叫"洗澡"。每个人都得洗澡,叫做"人人过关"。至于怎么洗,她也说不好,只知道职位高的,校长院长之类,洗"大盆",职位低的洗"小盆",不大不小的洗"中盆"。全体大会是最大的"大盆"。人多就是水多,就是"澡盆"大。一般教授,只要洗个"小盆澡",在本系洗。她好像并不焦心。

余楠告辞时谢了又谢,说如果知道什么新的情况,大家通通气。丽琳不加思考,一口答应。

彦成这时候照例在姚家。不过这是他末了一次和姚太太同听音乐。姚太太说:

"彦成,现在搞运动呢。你得小心,别到处串门儿,看人家说你'摸底',或是进行什么'攻守同盟'。"

这大概是姚宓透露的警告吧?他心虚地问:"人家知道我常到这儿来吗?"

"总会有人知道。"

"那我就得等运动完了再来看伯母了,是不是?"

姚太太点头。

彦成没趣,坐了一会就起身说:"伯母,好好保重。"

姚太太说:"你好好学习。"

彦成快快辞出,默默回家。他没敢把姚太太的话告诉丽琳。不过,他听丽琳讲了余楠要求通通气,忙说:

"别理他。咱们不能私下勾结。"

丽琳说:"咱们又没做贼,又没犯罪。"

彦成说:"反正听指示吧。该怎么着,明天动员报告,领导会教给咱们。"丽琳瞅他闷闷地钻入他的"狗窝",觉得他简直像挨了打的狗,夹着尾巴似的。

第 二 章

范凡做了一个十分诚挚的动员报告。大致说：

"新中国把旧知识分子全部包下来了，指望他们认真改造自我，努力为人民做出贡献。可是，大家且看看这一两年的成绩吧。大概每个人都会感到内心惭愧的。质量不高，数量不多，错误却不少。这都是因为旧社会遗留下来的封建思想和资产阶级思想使我们背负着沉重的包袱，束缚了我们的生产力，以致不能充分发挥作用，为当前的需要努力。大家只是散乱地各在原地踏步。我们一定要抛掉我们背负的包袱，轻装前进。

"要抛掉包袱，最好是解开看看，究竟里面是什么宝贝，还是什么肮脏东西。有些同志的旧思想、旧意识，根深蒂固，并不像身上背一个包袱，放下就能扔掉，而是皮肤上陈年积累的泥垢，不用水着实擦洗，不会脱掉；或者竟是肉上的烂疮，或者是暗藏着尾巴，如果不动手术，烂疮挖不掉，尾巴也脱不下来。我们第一得不怕丑，把肮脏的、见不得人的部分暴露出来;第二得不怕痛,把这些部分擦洗干净,或挖掉以至割掉。

"这是完全必要的。可是要做到这一点,首先得本人自觉自愿。改造自我,是个人对社会的负责,旁人不能强加于他。本人有觉悟,有要求,群众才能从旁帮助。如果他不自觉,不自愿,捂着自己的烂疮,那么,旁人尽管闻到他的臭味儿,也无法为他治疗。所以每个人首先得端正态度。态度端正了,旁人才能帮他擦洗垢污,切除或挖掉腐烂肮脏或见不得人的部分。"

他接下讲了些端正态度的步骤。他组织几位老知识分子到城里城外的几所大学去听些典型报告,让他们照照镜子,看看榜样。然后开些座谈会交流心声。然后自愿报名,请求帮助和启发。

动员大会是在大会议室举行的。满座的年轻人都神情严肃,一张张脸上漠无表情,显然已经端正态度,站稳立场。丁宝桂觉得他们都变了样儿:认识的都不认识了,和气的都不和气了。朱千里本来和大家不熟,只觉得他们严冷可怕。就连平日和年轻人相熟的许彦成,也觉得自己忽然站到群众的对立面去了。他们几个"旧社会过来的知识分子"觉得范凡的话句句是针对他们说的。这虽然不能表明他们知罪,至少可见那些话全都正确。他们还未及考虑自己是否问心有愧,至少都已觉得芒刺在背。

大会散场,丁宝桂不敢再和朱千里胡说乱道,怕他没头没脑地捅出什么话来。朱千里也有了戒心,对谁都提防几分。余楠更留心不和他们接近。他们这一伙旧社会过来的资产阶级知识分子驯服地按照安排,连日出去旁听典型报告。不仅听本人的自我检讨,也听群众对这些检讨提出来的意见。意见都很尖锐,"帮助"大而肯定少。他们还时时听到群众逢到检讨者"顽抗"而发出愤怒的吼声。这仿佛威胁着他们自己,使他们胆战心惊。

丁宝桂私下对老伴儿感叹说:"我现在明白了,一个人越丑越美,越臭越香。像我们这种人,有什么可检讨的呢。人越是作恶多端,越是不要脸,检讨起来才有话可说,说起来也有声有色,越显得觉悟高,检讨深刻。不过,也有个难题。你要是打点儿偏手,群众会说你不老实,狡猾,很不够。你要是一口气说尽了,群众再挤你,你添不出货了,怎么办呢?"

朱千里觉得革命群众比自己的老婆更难对付。他私赚了稿费,十次里八次总能瞒过。革命群众却像千只眼,什么都看得见。不过,守在他身边的老婆都能对付,革命群众谅必也能对付。兵来将挡,水来土掩,走着瞧吧。

余楠听了几个典型报告,十分震动,那么反动的思想,他们竟敢承认,当然是不得不承认了。他余楠可以把自己暴露到什么程度呢?他该怎么招供呢?

许彦成和杜丽琳认真学习,一面听报告,一面做笔记。每听完一个报告,先在笔记上写下自己的批语,如老实不老实,深刻不深刻等等。不过他们认为诚恳深刻的,群众总说不老实,狡猾。下一次再听这人重做检讨,总证实他确实不够坦白,的确隐瞒了什么。两人回家讨论,不免心服群众水平高,果然是眼睛雪亮。好在群众眼睛雪亮,可以信任他们。夫妇俩互相安慰说:"反正咱们老老实实把包袱底儿都抖搂出来就完了。"

他们听了好些检讨和批判,范凡就召集他们开一个交流心得的座谈会。除了他们几个"老知识分子",旁听的寥寥无几。

余楠第一个发言,说他看到资产阶级知识分子的丑恶,震撼了灵魂。他从没有正视过自己,不知道自己有多臭多脏。他愿意在群众的帮助下,洗个干净澡,脱胎换骨。

丁宝桂因为到会的人不多,而且不是什么检讨会,只是交流心得,所以很自在。他改不了老脾气,只注意人家字眼儿上的毛病,脱口说:"哎,洗个澡哪会脱胎换骨呀!——我是说,咱们该实事求是。"

朱千里打圆场说:"这不过是比喻,不能死在句下。洗澡是个比喻,脱胎换骨也是比喻。只是比在一起,比混了。我但愿洗个澡就能脱胎换骨呢!"

余楠生气说:"我建议大家严肃些!咱们这时候还有心情开玩笑说这些无原则的话吗?"

杜丽琳忙插口表白自己和余楠有同样的感受,要求洗心革面,重新做人。

彦成很真诚地说:"我常看到别人这样不好、那样不好,自己却是顶美的。现在听了许多自我检讨和群众的批判,才看到别人和我一样的自以为是,也就是说,我正和别人一样地这样不好、那样不对。我得客观地好好检查自己,希望能得到群众的帮助。"

丁宝桂忽然明白,这是个表态的会,忙也说,他赞成"洗心革面"的词儿,说他听了这许多检讨和批判,感到非常惶恐,自惭糊涂半生,一向没有认识自己,渴望群众给他帮助,让他自新。

　　朱千里忙也郑重声明：他需要群众的帮助和启发，让他能找到自新的途径。

　　范凡赞许了各位先生的觉悟，宣布散会。散会后，他和到会旁听的几人磋商一番，安排怎么给予帮助和启发。

第 三 章

也许丁宝桂的问题最简单,也许丁宝桂的思想最落后,他是第一个得到启发和帮助的人。

会仍在会议室开。到会的人不多,只坐满了中间长桌的周围。几个等待洗澡的"老先生"都到了。他们没看见一个同组的熟人。参加这个会的都只在大会上见过几面,大约都是些理论组和现当代组的进步干部。丁宝桂看着一个个半陌生的脸都漠无表情——不仅冷漠,还带些鄙夷,或者竟是敌意,不免惴惴不安。

主席是一位剃了光头的中年干部,丁宝桂也不知他的姓名。他说明这个会是应丁先生的要求,给他点儿启发和帮助的。丁宝桂对"帮助"二字另有见地。他认为帮助就是骂,就是围攻,所以像一头待宰的猪,抖索索地等待开刀。

经过一番静默,一个微弱的声音迟迟疑疑提出一个问题:"丁先生对共产党是什么看法?"

丁宝桂暗暗松了一口气,忙回答说:"共产党是全国人民的大救星。"

长桌四周一个个冷漠的脸上立刻凝出一层厚厚的霜。

丁宝桂以为自己回答得太简略,忙热情歌颂一番,连"推倒三座大山"都背出来。可是谁也不理他。谁都没有表情。

丁宝桂慌了。他答得对吗?"很不够"吗?他停顿了一下说:"请再问吧。"好像他是面对着一群严峻的考官。

主席说:"行了,丁先生显然不需要启发或帮助。散会。"

丁宝桂着急说:"请不吝指教,给我帮助呀。"

主席说:"丁先生,你还没有端正态度,你还在抗拒。"

长桌周围的人都合上笔记本,纷纷站起来。

丁宝桂好似丈八的金刚,摸不着头脑。他想:"你们问我,我马上回答了,还是抗拒吗?该怎么着才算端正态度呀?"当然他只是心上纳闷,并不敢问。

余楠忙说:"请在座的给我一点启发和帮助吧?"

杜丽琳也说:"我们都等待帮助和启发呢。"

主席做手势叫大家坐下。

沉默了一会,一个声音诧怪说:"听说有的夫妻,吵架都用英语。"

许彦成瞪着眼问:"谁说的?"

没人回答。合上的笔记本压根儿没打开,到会的人都呆着脸陆续散出,连主席也走了。剩下五个肮脏的"浴客"面面相觑。

丽琳埋怨说:"彦成,你懂不懂?这是启发。"

余楠也埋怨说:"瞧,好像我们都在抗拒似的。"

朱千里很聪明地耸耸肩,做了个法兰西式的姿势,表示鄙夷不屑。

五个人垂头丧气，四散回家。

过了一天，才第二次开会。这次是启发和帮助余楠。到会的人比帮助和启发丁宝桂的那次会上多。沿墙的椅子都坐满了。外文组的几个年轻人都出席，只是一个也没有开口。

主席仍旧是那位剃光头的中年干部。余楠表示自己已端正了态度，要求同志们给予启发和帮助。

第一个启发，和丁宝桂所得的一模一样。余楠点点头，在自己的笔记本上写下。

有人很谨慎地问："余先生也是留美的？"

余楠好像参禅有所彻悟，又点点头记下。

"听说余先生是神童。"

余楠得意得差点儿要谦逊几句，可是他及时制止了自己，仍然摆出参禅的姿态，一面细参句意，一面走笔记下。

忽有人问："余先生是什么时候到社的？"

余楠觉得一颗心沉重地一跳，不禁重复了人家的问句："什么时候到社的？"

问的人不多说，只重复一遍："什么时候到社的？"

余楠不及点头，慌忙记下。

好像给他的启发已经够多，没人再理会他。

就在这同一个会上，接下受启发的是朱千里。很多人踊跃提问："朱先生哪年回国的？"

"朱先生为什么回国？"

"朱先生有很多著作吧？"

"什么时候写的？"

"朱先生是名教授,啊?"

"朱先生对抗美援朝怎么看法?"

"朱先生还有个洋夫人呢,是不是?"

"朱先生的稿费不少吧?"

朱千里从容一一记下。他收获丰富,暗暗得意。

有人对许彦成和杜丽琳也提出一个问题,问他们为什么回国。

以后大家便不说话了。

丁宝桂哭丧着脸为自己辩解说:"我上次不是抗拒。"可是谁也不理他。

这天的会,就此结束。

许彦成回家说:"我还是不懂。当然我也没有开口。'为什么回国?'这又有什么奥妙?夫妻吵架用英语,又怎么着?咱们这一程子压根儿没吵架。准是李妈听见咱们说英语,就胡说咱们吵架。"

丽琳说:"我想他们准来盘问过咱们的李妈。因为我听说他们都动员爱人帮助洗澡。他们没来动员我,大约咱们是同在一组,对我来问这问那,怕露了底。"

彦成皱眉说:"也不知李妈胡说了些什么。"

丽琳说:"他们要提什么问题,总是拐弯儿抹角地提一下,叫你好好想想。反正每一句话里,都埋着一款罪状,叫你自己招供。"

彦成忽有所悟:"我想,丽琳,'吵架也用英语'和'月亮也是外国的圆'一个调儿。就是说,咱们是'洋奴'——这话我可不服!咱们倒是洋奴了!"

"留学的不是洋奴是什么？"

"洋奴为什么不留在外国呢？"

"留在外国无路可走，回国有利可图，还可以捞资本，冒充进步。"

彦成想一想说："哦！进步包袱！"

他叹气想："为什么老把最坏的心思来冤我们呢？"

丽琳说："你不是要求客观吗？你得用他们的目光来衡量自己——你总归是最腐朽肮脏的人。"

"资产阶级没有好人。争求好，全是虚假，全是骗人！"彦成不服气。

丽琳忽然聪明了。"也许他们没错。比如我吧，我自以为美，人家却觉得我全是打扮出来的。这里描描，那里画画，如果不描不画，不都是丑吗？我自己在镜子里看惯了，自以为美。旁人看着，只是不顺眼。"

彦成听出她的牢骚，赌气说："旁人是谁？"

丽琳使气说："还是我自己的丈夫呢！"

"这可是你冤我。"

"我冤你！你不妨暂时撇开自己，用别人的眼光来看看自己呀。你是忠实的丈夫！你答应对我不撒谎的！可是呢……"

彦成觉得她声音太高，越说越使气，立刻改用英语为自己辩解。

丽琳没好气地笑说："可不是吵架也用英语？"

彦成气呼呼地，一声不响。

过两天，在他们俩的要求下，单为他们开了一个小会，给了些启发和帮助。回家来彦成说：

"洋奴是奴定了。还崇美恐美——这倒也不冤枉。我的确发过愁,怕美国科学先进,武器厉害。"

丽琳说:"看来我比你还糟糕。我是祖祖辈辈吸了劳动人民的血汗,吃剥削饭长大的。我是'臭美',好逸恶劳,贪图享受,混饭吃,不问政治,不知民间疾苦,心目中没有群众……"

彦成说:"他们没这么说。"

"可我得这么认啊!"

"你也不能一股脑儿全包下来。"

"当然不,可是我得照这样一桩桩挖自己的痛疮呀。"

彦成忽然说:"我听人家议论,现当代组那个好逸恶劳的组长,检讨了几次还没通过,好像罪名也是什么资产阶级思想。他是好出身,又是革命队伍里的,哪来资产阶级思想呢?难道是咱们教给他的?"

丽琳想了想说:"不用教,大概是受了咱们这帮人的影响,或是传染……"

"这笔账怎么算呢?都算在咱们账上?"

两人呆呆地对看着。

第 四 章

朱千里回到家里,他老婆告诉他:"他们要我'帮助'你,我可没说什么。咱们胳膊折了往里弯!我只把你海骂了一通。"

"海骂?骂什么呢?"

"家常说的那些话呀。"

"哪些话?"

他老伴儿扭过头去,鼻子里出气。"瞧!天天说了又说,他都没听见。"

朱千里没敢再问。想来,稿费呀什么的,就是他老婆说的。

他虽然从群众嘴里捞得不少资料,要串成一篇检讨倒也不是容易。他左思右想,东挖西掘,睡也睡不稳,饭也吃不下。他原是个瘦小的人,这几天来消瘦得更瘦小了。原先灰白的头发越显灰白,原来昏暗的眼睛越发昏暗,再加失魂落魄,简直像个活鬼。他平日写文章,总爱抽个烟斗,这会子连烟斗都不抽了。他老婆觉得事态严重,连"海骂"都暂时停止。

朱千里觉得怎么也得洗完澡,过了关,才松得下这口气。权当生了重病动手术吧,得咬咬牙,拼一拼。

专门帮助他的有两三人。他们找他谈过几次话。

"帮助"和"启发"不是一回事。"启发"只是不着痕迹地点拨一句两句,叫听的人自己觉悟。"帮助"却像审问,一面问,一面把回答的话仔细记下,还从中找出不合拍的地方,换个方向突然再加询问。他们对伪大学教授这个问题尤其帮助得多。他们有时两人,有时三人,有"红面",也有"白面"。经过一场帮助就是经过一番审讯。

朱千里从审讯中整理出自己的罪状,写了一个检讨提纲,分三部分:

1.我的丑恶。下面分:(1)现象;(2)根源。

2.我的认识。

3.我的决心。

他按照提纲,对帮助他的两三人谈了一个扼要。凭他谈的扼要,大体上好像还可以。也许还不大够格,不过他既有勇气要求在大会上做检讨,他们就同意让他和群众思想上见见面。他们没想到这位朱先生爱做文章,每个细节都不免夸张一番,连自己的丑恶也要夸大其词。

他先感谢革命群众不唾弃他,给他启发,给他帮助,让他能看到自己的真相,感到震惊,感到厌恶,从此下决心痛改前非。于是他把桌子一拍说:

"你们看着我像个人样儿吧? 我这个丧失民族气节的'准汉奸'实在是头上生角,脚上生蹄子,身上拖尾巴的丑恶的妖魔!"

他看到许多人脸上的惊诧，觉得效果不错，紧接着就一口气背了一连串的罪状，夹七夹八，凡是罪名，他不加选择地全用上。背完再回过来，一项项细说。

"我自命为风流才子！我调戏过的女人有一百零一个。我为她们写的情诗有一千零一篇。"

有人当场打断了他，问为什么要"零一"？

"实报实销，不虚报谎报啊！一人是一人，一篇是一篇。我的法国女人是第一百名，现任的老伴儿是一百零一。她不让我再有'零二'——哎，这就说明她为什么老抠着我的工资。"

有人说："朱先生，你的统计正确吧？"

朱先生说："依着我的老伴儿，我还很不老实，我报的数字还是很不够的。"

有人笑出声来，但笑声立即被责问的吼声压没。

有人愤怒地举起拳头来喊口号："不许朱千里胡说乱道，戏弄群众！"

群众齐声响应了一两遍。

另一人愤怒地喊："不许朱千里丑化运动！"

群众齐声响应了三四遍。

接着是一片声的"打下去！打下去！"

朱千里傻站着说不下去了。帮助他的那几个人尤其愤怒。一人把脸凑到他面前说：

"你是要我们玩儿吗？你知道我们为了研究你的问题，费了多少时间和精力吗？"

朱千里抱歉说："我为的是不辜负你们的一片心，来一个彻底的交代呀。"

五年十年以后，不论谁提起朱千里这个有名的检讨，还当做笑话讲。可是当时的朱千里，哪会了解革命群众的真心诚意呢！哪会知道他们都经过认真的学习，不辞烦劳地搜集了各方揭发的资料，结合他本人的政治表现，来给予启发和帮助，叫他觉悟，叫他正视自己的肮脏嘴脸，叫他自觉自愿地和过去彻底决裂，重做新人。朱千里当时远没有开窍，以为使出点儿招数，就能过关。大火烧来，他就问罗刹女借一把芭蕉扇来扇灭火焰，没知道竟会越扇越旺的。他尽管自称来个彻底检查，却是扁着耳朵，夹着尾巴，给群众赶下来。

愤怒的群众说："朱千里！你回去好好想想！"

朱千里像雷惊的孩子，雨淋的蛤蟆，呆呆怔怔，家都不敢回。

第 五 章

余楠虽然没有跟着革命群众喊口号，或呵骂朱千里，却和群众同样愤怒。这样严肃的大事，朱千里跑来开什么玩笑吗？真叫人把知识分子都看扁了。

他苦思冥想了好多天。自我检讨远比写文章费神，不能随便发挥，得处处扣紧自己的内心活动。他茶饭无心，只顾在书房里来回来回地踱步。每天老晚上床，上了床也睡不着，睡着了会突然惊醒，觉得心上压着一块石头。他简直像孙猴儿压在五行山下，怎么样才能巧妙地从山石下脱身而出呢？

他听过几次典型报告之后，有一个很重要的心得。他告诉宛英，怎么也不能让群众说一声"不老实"，得争取一次通过。最危险的是第一次通不过再做第二次。如果做了一次又做一次，难保前后完全一致；如有矛盾，就出现漏洞了，那就得翻来覆去地挨骂，做好几次也通不过。

他很希望善保来帮助他。可是这多久善保老也不到他家来，远远看见他也只呆着脸。大概群众不让善保来，防他向善保摸底。他多么需要摸到个着着实实的底呀！可是他只好暗中摸索。帮助他的小组面无表情,只叫他再多想想。等他第三次要求当众检讨,他们没有阻挠。余楠自以为初步通过了。

帮助他的小组曾向宛英做思想工作,宛英答应好好儿帮助余楠检查,所以她很上心事,要余楠把检讨稿先给她看看。她看完竟斗胆挑剔说：

"你怎么出身官僚家庭呢？ 我外公的官,怎么到了你祖父头上呢？"

余楠不耐烦说："你的外公,就等于我的祖父,一样的。你不懂。这是我封建思想、家长作风的根源。"

宛英说："他们没说你家长作风。"

"可是我当然得有家长作风啊——草蛇灰线,一路埋伏,从根源连到冒出来的苗苗,前后都有呼应。"

他不耐烦和死心眼儿的宛英讨论修辞法,只干脆提出他最担心的问题。

"我几时到社的？ 当然是晚了些。为什么晚？ 问题就在这里。怎么说呢？"

"你不是想出洋吗？"宛英提醒他。

余楠瞪出了眼睛："你告诉他们了？"

"我怎会告诉他们呢。"

"那就由我说。我因为上海有大房子,我不愿意离开上海。我多年在上海办杂志,有我的地盘。这都表现我贪图享受,为名为利,要做人上人——这又联到我自小是神童……"

余楠虽然没有像朱千里那样变成活鬼,却也面容憔悴,穿上蓝布制服,不复像猪八戒变的黄胖和尚——黄是更黄些,还带灰色,胖却不胖了,他足足减掉了三寸腰围。他比朱千里有自信,做检讨不是什么"咬咬牙""拼一拼"。因为他自从到社以来,一贯表现良好,向来是最要求进步的。他自信政治嗅觉灵敏过人,政治水平高出一般。每次学习会上,他不是第一个开炮定调子,就是末一个做总结发言。这次他经过深刻反省,千稳万妥地写下检讨稿,再三斟酌,觉得无懈可击,群众一定会通过。他吩咐宛英准备点儿好酒,做两个好菜。今晚吃一顿好晚饭慰劳自己。

那次到会的人不少,可算是不大不小的"中盆澡"。余楠不慌不忙,摆出厚貌深情的姿态,放出语重心长的声调,一步一检讨,从小到大,由浅入深,每讲到痛心处,就略略停顿一下,好像是自己在胸口捶打一下。他万想不到检讨不到一半,群众就打断了他。他们一声声地呵斥:

"余楠!你这头狡猾的狐狸!"

"余楠!你把自己包裹得严严密密,却拿些鸡毛蒜皮来搪塞!"

"余楠休想蒙混过关!"

"群众的眼睛是雪亮的!"

"余楠!你滑不过去!"

"不准余楠捂盖子!"

余楠觉得给人撕去了脸皮似的。冷风吹在肉上只是痛,该怎么表态都不知道了。

忽有人冷静地问:"余楠,能讲讲你为什么要卖五香花生豆儿吗?"

余楠轰去了魂魄,张口结舌,心上只说:"完了,完了。"

他回到家里,犹如梦魇未醒。宛英瞧他面无人色,忙为他斟上一杯热茶。不料他接过来豁啷一声,把茶杯连茶摔在地下,砸得粉碎。他眼里出火说:

"我就知道你是个糊涂蛋!群众来钓鱼,你就把鱼缸连水一起捧出来!"

宛英说:"我什么都没告诉他们,只答应尽力帮助你。"

"卖五香花生谁说的?除了你还有谁?"

宛英呆了一呆,思索着说:"你跟阿照说过吗?或者咱们说话,她在旁边听见了?"

余楠立即冷下来——不是冷静而是浑身寒冷。他细细寻思,准是女儿把爸爸出卖给男朋友了。人家是解放军出身,能向着他吗?非我族类呀!

他忽然想到今晚要庆祝过关的事,忙问宛英:"阿照知道你今晚为我预备了酒菜吗?"

宛英安慰他说:"不怕,只说我为你不吃不睡,哄你吃点子东西,补养精神。"

余楠又急又怕,咬牙切齿地痛骂善保没良心,吃了他家的好饭好菜,却来揭他的底。他不知道该怪自己在姜敏面前自吹自擂闯下了祸。可怜善保承受着沉重的压力。姜敏怨恨他,说他是余楠选中的女婿,不但自己该站稳立场,还应该负责帮助余楠改造自我。她听过余楠的吹牛和卖弄,提出余楠有许多问题。她不知道详情,善保应该知道。善保只好探问余照。他和余照都是一片真诚地投入运动,要帮助余楠改造思想。余楠却是一辈子也没有饶恕陈善保。他始终对"年轻人""怕得要死,恨得要命",从来不忘记告诫朋友对"年轻人"

务必保持警惕。善保终究没有成为他家的女婿，不过这是后话了。

余楠经宛英提醒，顿时彻骨寒冷。余照最近加入了青年团，和家里十分疏远。而且，余楠几乎忘了，他还有两个非常进步的儿子呢。卖五香花生的话，他们兄弟未必知道。可是他们知道些什么，他实在无从估计。

宛英亲自收拾了茶杯的碎片和地上一摊茶水。两口子说话也放低了声音。可怜余楠在宛英面前都矮了半截。

第 六 章

革命群众不断地号召资产阶级知识分子：别存心侥幸，观望徘徊，企图蒙混过关；应该勇敢地跳进水里，洗净垢污，加入人民的队伍；自外于人民就是自绝于人民，绝没有好结果。

杜丽琳虽然在大学里学习远远跟不上许彦成，在新社会却总比彦成抢前一步。该说什么，该做什么，她从不像彦成那样格格不吐，迟迟不前。她改不了的只是她那股子"帅"劲儿。她近来的打扮稍稍有所改变：不穿裙子而穿西装长裤，披肩的长发也逐渐剪短。她早已添置了两套制服，只是不好意思穿。帮助她"洗澡"的小组有一位和善的女同志，曾提问："为什么杜先生叫人不敢接近？""为什么杜先生和我们中间总存着一些距离？"丽琳立即把头发剪得短短的，把簇新的制服用热肥皂水泡上两次，看似穿旧的，穿上自在些。小组的同志说她有进步，希望她表里如一。她们听过她的初步检讨，提了些意见，就让她当众"洗澡"。

丽琳郑重其事，写了个稿子，先请彦成听她念一遍，再给帮助她的小组看。

彦成听了她的开头："我祖祖辈辈喝劳动人民的血,骑在他们头上作威作福,饭来开口,衣来伸手,只贪图个人的安逸,只追求个人的幸福,从不想到自己对人民有什么责任。我只是中国人民身上的一个大毒瘤;不割掉,会危害人民。"

彦成咬着嘴唇忍笑。

丽琳生气说："笑什么? 这是真心话。"

"我知道你真心。可是你这个'大毒瘤'和朱千里的'丑恶的妖魔'有什么不同呢?"

"当然不一样。"

"不一样,至多是五十步与一百步的区别,都是夸张的比喻呀!"

"那么,我该怎么说呢?"

彦成也不知道。他想了想,叹口气说："大概我也得这么说。大家都这么说,不能独出心裁。"

"又不是做文章。反正我只按自己的觉悟说真话。"

彦成说："好吧,好吧,念下去。"

"我从没有意识到自己有什么对不起人民的地方。我觉得自己的享受都是理所当然。这是因为我的资产阶级出身决定了我的立场观点,使我只觉得自己有理,看不见自己的丑恶。"

彦成又笑了："所以都不能怪你!"

"那是指我还没有觉悟的时候呀。我的出身造成了我的罪过。"

她继续念她的稿子："我先得向同志们讲讲我的家庭出身

和我的经历,让同志们不但了解我的病情,还知道我的病根,这就可以帮助我彻底把病治好。

"我祖上是开染坊的,父亲是天津裕丰商行的大老板,我是最小的女儿,不到两岁就没了母亲。我生长在富裕的家庭里,全不知民间疾苦,和劳动人民简直没什么接触,当然说不到对他们的感情了。我从小在贵族式的教会学校上学,只知道崇洋慕洋。我的最高志愿是留学外国,最美的理想是和心爱的人结婚,有一个美满的家庭。我可算都如愿以偿了。

"祖国解放前夕,我父亲去世,我的大哥——他大我十九岁——带着一家人逃往香港。我的二哥——他大我十七岁,早在几年前就到美国经商,很成功,已经接了家眷。我们夫妇很可以在美国住下来。那时候,我对共产党只有害怕的份儿,并不愿意回国。我也竭力劝彦成不要回国。可是他对我说:'你不愿意回去,你就留下,我不能勉强你,我可是打定主意要回去的。'

"我抱定爱情至上的信念,也许还有残余的封建思想,'嫁鸡随鸡,嫁狗随狗'吧——我当然不是随鸡随狗,丈夫是我自己挑的,他到哪里,我当然一辈子和他在一起。所以我抛下了我的亲人和朋友,不听他们的劝告,跟许彦成回国了。我不过是跟随自己的丈夫,不是什么'投奔光明'。"

丽琳停下来看着彦成。"我说的都是实情吧?"

"人家耐烦听吗?"彦成有点儿不耐烦。

"这又不是娱乐,我是剖开真心,和群众竭诚相见。"

"好呀,说下去。"

丽琳看着彦成,故意说:"我回国后才逐渐发现,我的信念完全错误,我的理想全是空想。"

彦成正打了半个呵欠,忙闭上嘴,睁大眼睛。

丽琳接下去说:"爱情至上的资产阶级思想把我引入歧途。爱情是最靠不住的,欺骗自己,也欺骗别人,即使是真正的爱情,也经不了多久就会变,不但量变,还有质变,何况是勉强敷衍的爱情呢!而且爱情是不由自主的,得来容易就看得轻易,没得到的,或者得不到的,才觉得稀罕珍贵。"

彦成说:"你是说教?还是控诉?还是发牢骚?"

"我不过说我心里的话。"

"你对帮助你的小组也是这么说的吗?"

丽琳嫣然一笑说:"我这会儿应应景,充实了一点儿。"她把稿子扔给彦成。"稿子上怎么说,你自己看吧。"

彦成赌气不要看。他说:"你爱怎么检讨,我管不着。你会说心里话,我也会说心里话。"

丽琳说:"瞧吧,你老实,还是我老实。"

彦成气呼呼地不答理。可是他有点后悔,也有点不安,不知丽琳借检讨要控诉他什么话。他应该先看看她的稿子。

丽琳的检讨会上人也不少。主持会议的就是那位和善的女同志。她是人事处的干部,平时不大出头露面。她说了几句勉励和期待的话,大家静听杜丽琳检讨。

杜丽琳穿一套灰布制服,方头的布鞋,头发剪得短短的,脸色黄黄的。她严肃而胆怯地站起来,念她的检讨稿。开场白和她念给彦成听的差不多,只是更充实些。彦成眼睛盯着她,留心听她念。她照原稿直念到回国以后,她一字不说爱情至上的那一套,只说:

她看到新中国朝气蓬勃,和她记忆中那个腐朽的旧社会大不相同了。她得到了合适的工作,分得了房子,成立了新家庭,一切都很如意。可是她渐渐感到,她和新社会并不融洽。她感到旁人对她侧目而视,或另眼相看,好像带些敌意,或是带些鄙视。她凭一个女人的直觉,感到自己在群众眼里并不是什么美人,而是一个标准的"资产阶级女性"。她浅薄,虚荣,庸俗,浑身发散着浓郁的资产阶级气息。当然,并没有谁当面这么说,不过她相信自己的了解并没有错。因为她自己也看到了自己的浅薄、庸俗和虚荣。她也能看到朴素的、高尚的、要求上进的女同志是多么美,只是她不愿意承认。

彦成竖起了耳朵。

她却并不多加发挥,只接着说,外表体现内心。她的内心充满了资产阶级的信念,和她的外表完全一致。在她,工作不过是饭碗儿,工作的目的是为了赚钱,学识只是本钱。她上大学、留学、读学位都是为了累积资本,本钱大,就可以赚大钱。这都是说明自己是惟利是图的资产阶级,斤斤计较的都是为自己的私利。

彦成这时放松警惕,偷眼四看。他同组的几个年轻人:姜敏、罗厚、姚宓、善保挨次坐在后排,都满面严肃,眼睛只看着做检讨的人。

丽琳谈心似的谈。她说:"我从没想到为谁服务。我觉得自己靠本事吃饭,没有剥削别人。我父亲靠经营资本赚钱也没有榨取什么血汗,许多人还靠他养家活口呢。所以我总觉得不服气,心上不自在,精神上也常有压抑感。三反开始,我就从亲戚朋友那边听到好些人家遭殃了,有人自杀了。我心上害怕，只自幸不是资本家，而是知识分子。可是，三反运动又转向知识分子——要改造知识分子了。我又害怕，又后悔，觉得千不该、万不该，不该跟许彦成回来。当时他并没有勉强我，是我硬要跟着他的。现在可怎么办呢？我苦苦思索，要为自己辩护——就是说，我没有错，没有改造的必要。可是我想来想去，我的确是吃了农民种的粮食，的确是穿了工人织的衣料，的确是靠解放军保卫国家，保障了生活的安宁，而我确实对他们毫无贡献。我谋求的只是个人的安逸，个人的幸福。我苦恼了很久，觉得自己即使自杀了，也无法偿还我欠人民的债。

"我有一天豁然开朗，明白群众并不要和我算什么账，并不要问我讨什么债。他们不过是要挽救我，要我看到过去的错误，看明白自己那些私心杂念的可耻，叫我抛去资产阶级和封建社会留给我的成见，铲除长年累积在我心上的腐朽卑鄙的思想感情，投身到人民的队伍中来，一心一意为人民服务。"

她接着批判自己错误的人生观，安逸的生活方式等等，说她下定决心，不再迷恋个人的幸福，计较个人的得失，要努力顶起半边天，做新中国的有志气的女人。

彦成觉得丽琳很会说该说的话，是标准的丽琳。她确也说了真话，她的决心也该是真的，不过彦成认为只是空头支票。她的认识水平好像还很肤浅幼稚。她的检讨能通过吗？

主席说："杜先生的检讨，虽然不够全面，却是诚恳的。她敢于暴露，因为她相信群众，也体会到党和人民要挽救她的一片苦心。能把错误的、脏的、丑的亮出来，就是因为认识到那是错误的，或是脏的丑的，而决心要抛弃它。尽管杜先生的觉悟还停留在表面阶段,她的决心还有待巩固,她能自愿改造自己是可喜的,值得欢迎。同志们有什么问题,不妨提出来给她帮助。"

有人说:"杜先生对过去虽有认识,批判却远远不够。"

有人说:"抽象的否定,不能代替切实的批评。"

有人说:"杜先生对于靠剥削人民发财的父亲和投机取巧的哥哥,好像还温情脉脉,并没有一点憎恨。"

有人问:"是不是脱去一套衣服,就改换了灵魂的面貌?"

主席让丽琳回答。

丽琳说:问题提得好!都启发她深思。她不敢撒谎,她对自己的亲人,仇恨不起来,足见她的思想感情并没有彻底改变。她只能保证,从此和他们一刀两断,划清界线。

她说着流下眼泪——真实的痛泪。这给大家一个很好的印象。她是舍不得割断,却下了决心,要求站稳立场。

主席总结说:"自我改造,不是一朝一夕的事,不是一下子就能改好的。我们人人都需要长期不懈地改造自己。杜丽琳先生决心要抛弃过去腐朽肮脏的思想感情,愿意洗心革面,投入人民的队伍,我们是欢迎的。让我们热烈鼓掌,表示欢迎。(大家热烈鼓掌)杜先生,谈谈你的感受吧。"

丽琳在群众的掌声中激动得又流下泪来。这回不是酸楚的苦泪而是感激的热泪。她说,第一次感受到群众的温暖,这给了她极大的鼓舞。希望群众继续关心她,督促她,她也一定努力争求不辜负群众的期望。

几个等待"洗澡"的"浴客"没有资格鼓掌欢迎,只无限羡慕地看她过了关。

第 七 章

帮助"洗澡"的几个小组召集"待浴"的几位先生开个小会,谈谈感想。

余楠仍是哭丧着脸。他又灰又黄,一点儿也不像黄胖和尚,却像个待决的囚犯。许彦成忧忧郁郁,不像往日那样嬉笑随和。朱千里瞪出两只大眼,越见得瘦小干瘪。丁宝桂还是惶惶然。不过他听了杜丽琳的检讨,大受启发。会上他摇头摆脑,表现他对自己的感受舔嘴咂舌的欣赏,觉得开了窍门。

他说:"我受了很深的教育。以前,我以为'启发'是提问题,'帮助'是揭我的短,逼我认罪,或者就是'衬拳头',打我'落水狗'。现在我懂了。帮助是真正的帮助。"他很神秘地不再多说,生怕别人抄袭了他独到的体会。他只说:"我现在已经了解群众对我的'启发',也接受了群众给我的帮助,准备马上当众洗个干净澡。"

朱千里瞪着眼,伸出一手拦挡似的说:"哎,哎,老哥啊,我浑身湿漉漉的,精着光着,衣服都不能穿,让我先洗完了吧。"

彦成几乎失笑，可是看到大家都很严肃——包括朱千里，忙及时忍住。

余楠鄙夷不屑地说："朱先生谈谈自己的感受呀。"

朱千里也鄙夷不屑地看了他一眼说："感受嘛，很简单。咱们如果批判得不深刻，别人还能帮助。主要是自己先得端正态度，老实揭发问题。"

余楠气短，没敢回答。

但有人问："朱先生上次老实吗？"

朱千里说："我过于追求效果，做了点儿文章。其实我原稿上都是真话，帮助我的几位同志都看过的。我为的是怕说来不够响亮，临时稍为渲染了一点儿。我已经看到自己犯了大错误，以后决计说真话，句句真话，比我稿子上的还真。"

有人说："这又奇了，比真话还真，怎么讲呢？"

朱千里耐心说："真而不那么恰当，就是失真。平平实实，一分不多，一分不少，是我现在的目标。"

这次会上，许彦成只说自己正在认真检查。余楠表示他严肃检查了自己，心情十分沉重，看见杜先生洗完了澡，非常羡慕，却是不敢抱侥幸的心，所以正负痛抠挖自己的烂疮呢。

会后朱千里得到通知，让他继续做第二次检讨，并嘱咐他不要再做文章。

朱千里的第二次检讨会上，许多人跑来旁听。朱千里看见到会的人比上次多，感到自己的重要，心上暗暗得意。他很严肃地先感谢群众的帮助，然后说：

"我上次做检讨，听来好像丑化运动，其实我是丑化自己。我为的是要表示对自己的憎恨，借此激发同志们对我的憎恨,可以不留余地,狠狠地批判我。我实在应该恰如其分,不该过头。'过犹不及'呀。我要增强效果,只造成了误会,我由衷向革命群众道歉。"

有人说:"空话少说!"

朱千里忙道:"我下面说的尽是实话了。我要把群众当做贴心人,说贴心的实话。"他瞪出一双大眼睛,不断地抹汗。

主席温和地说:"朱先生,你说吧。"

朱千里点点头,透了一口气说:"我其实是好出身。我是贫下中农出身——不是贫农,至少也是下中农。我小时候也放过牛。这是我听我姑妈说的,我自己也记不得了,只记得我羡慕人家孩子上学读书。我父亲早死,我姑夫在镇上开一家小小的米店,是他资助我上学的。我没能够按部就班地念书,断断续续上了几年学。后来我跟镇上的几个同学一起考上了省城的中学,可是我别说学费,到省城的路费都没有。恰巧那年我姑妈养蚕收成好,又碰到一个好买主,她好比发了一笔小财。"

有人说:"朱先生,请不要再编《一千零一夜》的故事了。"

朱千里急得说:"是真的,千真万真的真事!我就不谈细节吧,不过都是真事。不信,我现在为什么偷偷儿为我外甥寄钱呢!我老婆怀疑我乡下有前妻和儿女,防得我很紧。我只能赚些外快背着她寄。因为我感激我的姑夫和姑妈——他们都不在了,有个外甥在农村很穷。我想到他,就想到自己小时候,也就可怜他。"

"可是朱先生还自费留法呢? 是真的吗?"有人提问。

朱千里说:"旧社会,不兴得说穷。我是变着法儿勤工俭学出去的。可是我只说自费留法。钱是我自己赚的,说自费还是真实的。我在法国三四年——不,不止,四五年吧?或是五六年——我从来记不清数字,数字在记忆里会增长——好像是五六年或六七年。我后来干脆说'不到十年',因为实在是不到十年。不过随它五年八年十年,没多大分别,只看你那几年用功不用功。我是很用功的。有人连法语都不会说,也可以混上十几年呢。"

又有人提问:"不懂法语,也能娶法国老婆吧?"

朱千里说:"对法国女人,只要能做手势比画,大概也能上手。说老实话,我没娶什么法国老婆,谁正式娶呀!不过是临时的。那也是别人,不是我。我看着很羡慕罢了。我连临时的法国妞头都没有。谁要我呀!"

"这是实话了。"

"是啊!我也从来没说过有什么法国老婆,只叫人猜想我有。因为我实在没有,又恨不得有,就说得好像自己有,让人家羡慕我,我就聊以自慰。我现在的老婆是花烛夫妻。她是我从前邻居的姑娘,没有文化,比我小好多岁。她也没有什么亲人,嫁了我老怀疑我乡下还有个老婆,还有儿子女儿,其实我只是个老光棍。"

"这都是实话吗?"

"不信,查我的履历。"

"履历上你填的什么出身?"

"我爹早死,十来岁我妈也没了。资助我上学的是我姑夫,他开米店,我填的是'非劳动人民'。"

"可是你还读了博士!"

朱千里很生气,为什么群众老打断他的检讨,好像不相信他的话,只顾审贼似的审他。他又只好回答。

　　"我没有读博士,不过,我可以算是得了博士,还不止一个呢!我从来没说过自己是博士。假如你们以为我是博士,那是你们自己想的。我只表示,我自恨不是法国的国家博士。我又表示瞧不起大学的博士。也许人家听着好像我是个大学博士而不自满。其实呢,我并没有得过大学博士。"

　　"你又可以算是得了博士,还不止一个!怎么算的呢?"

　　"就是说,到手博士学位的,不是我,却是别人。"

　　"那么,你凭什么算是博士呢?"

　　"凭真本领啊!我实在是得了不止一个博士。我们——我和我的穷留学朋友常替有钱而没本领的留学生经手包写论文。有些法国穷文人专给中国留学生修改论文,一千法郎保及格,三千法郎保优等,一万保最优等。我替他们想题目,写初稿,然后再交给法国人去修改润色。我拿三百五百到六七百。他们再花上几千或一万,就得优等或最优等。有一个阔少爷花了一万法郎,还得了一笔奖金呢,只是还不够捞回本钱。当然,我说的不过是一小部分博士。即使花钱请人修改论文,口试还得亲自挨剋。法国人鬼得很,口试剋你一顿,显得他们有学问,当众羞羞你,学位终归照给。你们中国人学中国文学要靠法国博士做招牌,你们花钱读博士,我何乐而不给呢!"

　　有人插话:"朱先生不用发议论,你的博士,到底是真是假呢?"

　　朱千里直把群众当贴心人,说了许多贴心的真话,他们却

只顾盘问,不免心头火起,发怒说:

"分别真假不是那么简单! 他们得的博士是真是假呢? 我只是没花钱,没口试,可是坐着旁听,也怪难受的,替咱们中国人难受啊。"

"朱先生不用感慨,我们只问你说的是句句真话呢? 还是句句撒谎呀?"

"我把实在的情况一一告诉你们,还不是句句真话吗?"

"你不过是解释你为什么撒谎。"

"我撒什么谎了!"朱千里发火了。

"还把谎话说成真话。"

"你们连真假都分辨不清,叫我怎么说呢?"

"是朱先生分不清真假,还是我们分不清真假? 告诉你,朱千里,群众的眼睛是雪亮的!"

朱千里气得说:"好! 好! 好个雪亮的群众! 好个英明的领导!"

有人发问了:"朱千里,你怎么学习的? 英明的领导是群众吗? 你说说!"

朱千里嘟囔说:"这还不知道吗! 共产党是英明的领导。"

有人忍笑问:"群众呢?"

"英明的尾巴!"朱千里低声嘟囔,可是存心让人听见。

有人高声喊:"不许朱千里诬蔑群众!"

"不许朱千里钻空子向党进攻!"

"打倒朱千里!"

忽有人喊:"打倒千里猪!"笑声里杂乱着喊声:

"千里猪? 只有千里马,哪来千里猪?"

"猪冒牌！"

"猪吹牛！"

"打倒千里猪！打倒千里猪！！"许多人齐声喊。有人是愤怒地喊，有人是忍笑喊，一面喊，一面都挥动拳头。

朱千里气得不等散会就一人冲出会场。他含着眼泪，浑身发抖，心想："跟这种人说什么贴心的真话！他们只懂官话。他们空有千只眼睛千只手，只是一个魔君。"他也不回家，直着眼在街上乱撞，一心想逃出群众的手掌。可是逃到哪里去呢？他走得又饿又累，身上又没几个钱；假如有钱，他便买了火车票也没处可逃呀。

他拖着一双沉重的脚回到家里，老婆并不在家。正好！他草草写下遗书："士可杀，不可辱！宁死不屈！——朱千里绝笔。"然后他忙忙地找出他的安眠药片，只十多片，倒一杯水一口吞下。他怕药力不足，又把老婆的半瓶花露水，大半瓶玉树油和一瓶新开的脚气灵药水都喝下（因为瓶上都有"外用，不可内服"字样），厨房里还有小半瓶烧酒，他模糊记得酒能帮助药力，也一口气灌下，然后回房躺下等死。

可是花露水、玉树油、脚气灵药水和烧酒各不相容，朱千里只觉得恶心反胃，却又是空肚子。他呕吐了一会，不住地干咽，半晌精疲力竭，翻身便睡熟了。

朱千里的老婆买东西回家，看见留下的午饭没动，朱千里倒在床上，喉间发出怪声，床前地下，抛散着大大小小的好些空瓶子，喊他又不醒，吓得跑出门去大喊大叫。邻居跑来看见遗书，忙报告社里，送往医院抢救。医院给洗了胃，却不肯收留，说没问题，睡一觉就好。朱千里又给抬回家来。

他沉沉睡了一大觉,明天傍晚醒来,虽然手脚瘫软,浑身无力,精神却很清爽。他睁目只见老婆坐在床前垂泪,对面墙上贴着红红绿绿的标语:

"朱千里!你逃往哪里去?"

"朱千里!休想负隅顽抗!"

"奉劝朱千里,不要耍死狗!"

他长叹一声,想再闭上眼睛。可是——老婆也不容许他。

第 八 章

朱千里自杀,群众中有人很愤慨,说他"耍死狗"。可是那天主持会议的主席却向范凡自我检讨,怪自己没有掌握好会场,因为他是临时推出来当主席的,不知道朱千里的底细。他责备自己不该让朱千里散布混淆真假的谬论,同时也不该任群众乱提问题,尤其是"打倒千里猪"的口号,显然不合政策。关于这点,罗厚一散会就向主席提出抗议了。范凡随后召开了一个吸取经验的会,提请注意勿造成失误,思想工作应当细致。

丁宝桂看到朱千里的检讨做得这么糟糕,吓得进退两难。他不做检讨吧,他是抢先报了名的。小组叫他暂等一等,让朱千里先做。他不能临阵逃脱。做吧,说老实话难免挨剋,不说老实话又过不了关。怎么办呢?

丁宝桂是古典组惟一的老先生。他平时学习懒得细读文件,爱说些怪话。说他糊涂吧,他又很精明;说他明白吧,他又很糊涂。大家背后——甚至当面都称他"丁宝贝"。现当代组和理论组的组长都是革命干部,早都做了自我检讨。这位丁先生呢,召集人都做不好,勉强当了一个小组长。他也没想到要求检讨,所以自然而然地落单了,只好和外文组几个旧社会过来的知识分子一同洗澡。

他先还抗议,说自己没有资产,只是个坐冷板凳的,封建思想他当然有,可是和资产阶级挂不上钩,他家里连女婿和儿媳妇都是清贫的读书人家子女。年轻人告诉他:"既是知识分子,都是资产阶级知识分子。"这话他仿佛也学习过,可是忘了为什么知识分子都是资产阶级的,却又不敢提问,只反问:"你们洗澡不洗澡呢?"他们说:"大家都要改造思想,丁先生不用管我们。这会儿我们帮丁先生'洗澡'。"

丁先生最初不受启发,群众把他冷搁在一边。他后来看到别人对启发的态度,也开了窍,忙向群众声明他已经端正了态度。以后他也学朱千里把群众启发的问题分门别类,归纳为自己的几款罪状。帮助他的小组看破他是玩弄"包下来"的手法,认为他不是诚心检查,说他"狡猾"。丁宝桂正不知如何是好。那天他听了杜丽琳的检讨和主席的总结,悟出一个道理:关键是不要护着自己,该把自己当做冤家似的挑出错儿来,狠狠地骂,骂得越凶越好。挑自己的错就是"老实",骂得凶就是"深刻"。他就抢着要做检讨。可是朱千里检讨挨剋,他又觉得老实很危险,不能太老实。反正只能说自己不好,却是不能得罪群众。

他只好硬着头皮到会做检讨。他先说自己顾虑重重,简直没有胆量。"好比一个千金小姐,叫她当众脱裤子,她只好上吊啊。可是渐渐的思想开朗了。假如你长着一条尾巴,要医生动手术,不脱裤子行吗?你也不能一辈子把尾巴藏在裤子里呀!到出嫁的时候,不把新郎吓跑吗?我们要加入人民的队伍,就仿佛小姐要嫁人,没有婆家,终身没有个着落啊。"

他的话很有点像怪话,可是他苦着脸,两眼惶惶然,显然很严肃认真。大家耐着心等他说下去。

丁宝桂呆立半晌,没头没脑地说:"共产党的恩情是说不完的。只说我个人在解放前后的遭遇吧。以前,正如朱千里先生说的,教中文也要洋招牌。尽管十年、几十年寒窗苦读,年纪一大把,没有洋学位就休想当教授,除非你是大名人。可是解放以后,我当上了正研究员。这就相当于教授了,我还有不乐意的吗?我听说,将来不再年年发聘书,加入人民的队伍,就像聘去做了媳妇一样,就是终身有靠了。我还有不乐意的吗!我们靠薪水过日子的,经常怕两件事:一怕失业,二怕生病。现在一不愁失业,二不愁生病,生了病公费医疗,不用花钱请大夫,也不用花钱请代课。我们还有不拥护社会主义的吗!"

他又停了半晌,才说:"我的罪过我说都不敢说。我该死,我从前——解放前常骂共产党。不过我自从做了这里的研究员,我不但不骂,我全心全意地拥护共产党了。我本来想,我骂共产党是过去的事;现在不骂,不就完了吗?有错知改,改了不就行了吗?可是不行。说是不能偷偷儿改,一定得公开检讨。不过,我说了呢,又怕得罪你们。所以我先打个招呼,那是过去的事,我已经改了,而且承认自己完全错误。过去嘛,解放以前啊,我在这里国学专修社当顾问。姚瞽先生备有最上好的香茶,我每天跑来喝茶聊天,对马任之同志大骂共产党。我不知道他就是个共产党员,瞧他笑嘻嘻的,以为他欣赏我的骂呢,我把肚肠角落里的话都骂出来了。"

他看见群众写笔记,吓得不敢再说。有人催他说下去。他战战兢兢地答应一声,又不言语。经不起人家催促,他才小心翼翼地又打招呼说:"这些都是糊涂话,混账话。我听信了反动谣言,骂共产党煽动学生闹事——这可都是混账话啊——我说,十年树木,百年树人,人才是国家的根本;利用天真的学生闹事,不好好读书,就是动摇国家的根本,也是葬送青年人。我不知道闹风潮是为了革命,革命正是为了救国。现在当然谁都明白这个道理了。可是我那时候老朽昏庸,头脑顽固。咳,那时候姚謇先生劝我到大后方去,我对他说,我又不像你,我没有家产,我得养家活口,我拖带着这么一大家人呢,上有老,下有小,挪移不动,伪大学里混口饭吃,蹲着瞧吧。我心上老有个疙瘩,怕人家骂我汉奸。我很感谢共产党说公平话,说不能要求人人都到大后方去,我不过在伪大学教教课,不是汉奸。好了,我心上也舒坦了。"

他接着按原先的计划做检讨。

"1.我不好好学习。我学不进去,不是打瞌睡,就是思想开小差,只好不懂装懂,人云亦云,混到哪里是哪里。

"2.因为不学习,所以改不好,满脑袋都是旧思想。封建思想不用说,应有尽有。资产阶级思想也够多的。我虽然是老土,也崇洋慕洋,看见洋打扮,也觉得比土打扮亮眼。再加我听信了反动宣传,对共产党怕得要命,虽然受了党的恩情,还是怕的。特别怕运动,什么把群众组织起来呀,发动起来呀等等。这就好比开动了坦克车,非把我轧死不可。我这个怕,就和怕鬼一样。你说压根儿没鬼，可我还是怕。我现在老老实实把我的怕惧亮出来，希望以后可以别再怕了。

"3.没有主人翁感。老话说：'国家兴亡，匹夫有责。'我却是很实际——不是很实际，我是很——很没有主人翁感。我觉得我有什么责任呀！国家大事，和我商量了吗？我是老几啊！我就说：'食肉者谋之矣。'譬如抗美援朝吧，我暗里发愁：咳！我们打了这么多年的仗，'民亦劳止，迄可小休'，现在刚站稳，又打，打得过美国人吗？事实证明我不用愁，胜利是属于我们的。我现在对共产党是五体投地了。可是我承认自己确实没有主人翁感。我只要求自己做个好公民，响应党的号召，服从党的命令。

"4.谨小慎微。我对自己要求不高，不求有功，但求无过，把自己包得紧紧的，生怕人家看破我不是好公民，响应党的号召是勉强，服从党的命令是不得已。我自称好公民是自欺欺人。

"总括一句话，我是个混饭吃的典型。"

丁宝桂坐下茫然四顾。像一个淹在水里的人，虽然脑袋还在水上，身子却直往下沉。

主席问："完了吗？"

丁宝桂忙站起来说："我的提纲上只写了这么几条，还有许许多多的罪，一时也数不清，反正我都认错，都保证改。我觉悟慢，不过慢慢地都会觉悟过来。"

主席说："丁先生的检讨，自始至终，表现出一个'怕'字。这就可见他与党和人民的距离多么远！只觉得共产党可怕，只愁我们要剥他。解放前骂共产党有什么罪呢！共产党是骂不倒的。解放以后，你改变了对共产党的看法，可见你还不算太顽固。你也知道忧国忧民，可见你也不是完全没有主人翁感。可是你口口声声的认罪，好像共产党把你当做仇人似的。丁先生这一点应当改正过来。应当靠拢党，靠拢人民。别忘了共产党是人民的党，你是中国的人民。你把自己放在人民的对立面，所以只好谨小慎微，经常战战兢兢，对人民如临大敌，对运动如临大难，好像党和人民要难为你似的。丁先生，不要害怕，运动是为了改造你，让你可以投入人民的队伍。我们欢迎一切愿意投入我们队伍的人，团结一切可以团结的力量，共同努力，为人民做出贡献。"

提意见的人不多。接着大家拍手通过了丁宝桂的检讨。

丁宝桂放下了一颗悬在腔子里的心，快活得几乎下泪。他好像中了状元又被千金小姐打中了绣球，如梦非梦，似醒非醒，一路回家好像是浮着飘着的。

第 九 章

丽琳瞧彦成只顾默默沉思，问他几时做检讨。她关心地问："他们没有再提别的问题吗？没给你安排日子？"

彦成昂头大声说："我不高兴做了！"

"不高兴？由得你吗？"

"我也不会像你们那样侃侃而谈。我只会结结巴巴——我准结结巴巴。"

丽琳很聪明地笑了。"你是看不起我和丁宝桂的检讨，像你看不起有些人的发言一样，是不是？你可以做个深刻的检讨呀，至少别像丁宝桂那么庸俗。"

彦成不答理，只说："我越想越不服气了。帮助我洗澡的人比我的年纪还大些呢，我倒成了'老先生'，要他们帮助我'洗澡'！笑话呀？谁不是旧社会过来的！"

"他们是革命干部吧？"

"可是咱们组里的年轻人呢？比我年轻多少呀？"

"谁叫你职位高呢。而且在外国待了那么多年。我不也受他们帮助了吗？他们自己也是要改造的——至少也得互相擦擦背吧？"

彦成摇摇头说："我不是计较这些。我只是觉得这种'洗澡'没用——白糟蹋了水。"

"好啊，让你来领导运动吧，你有好办法。"

"我没有办法。我看这就是没办法的事。丑人也许会承认自己丑，笨人也许会承认自己笨，可是，有谁会承认自己不好吗？——我指的不是做错了事'不好'，我不指'过失和错误'，我说的'不好'就是'坏'。谁都相信自己是好人！尽管有这点那点缺点或错误，本质是好人。认识到自己的不好是个很痛苦的过程。我猜想圣人苦修苦练，只从这点做起。一个人刻意修身求好，才会看到自己不好。然后，出于羞愧，才会悔改。悔了未必就会改过来。要努力不懈，才会改得好一点点。现在咱们是在运动的压力下，群众帮助咱们认识自己这样不好，那样不好；没法儿抵赖了，只好承认。所谓自觉自愿是逼出来的。逼出来的是自觉自愿吗？况且，咱们还有个遁逃。千不好，万不好，都怪旧思想旧意识不好，罪不在我。只要痛恨封建社会和资产阶级，我的立场就变了，我身上就干净了。"

丽琳大睁着她那双美丽的眼睛，呆呆地注视着他。她老实说："我不懂你发这些牢骚什么意思。"

彦成想："你是不会懂的。"他只叹气说："'牢骚'吗？我是'发牢骚'？"

丽琳说："反正我觉得现在不是发议论的时候。你的检讨还没做呢，他们为什么到现在还不安排你做？是不是你还隐瞒着什么问题?"

"我有什么隐瞒的问题呀?"彦成干脆不耐烦了。

"唉,我不过是帮助你。"她倒了一杯茶,一面喝,一面慢吞吞地说:"做导师的,带着徒弟去游山,给人撞见了,硬说是别人看错的——我还帮着你圆谎,你忘了吗?"

"我除了和你同游香山,没有和任何别人一同游山,我早已对你说过了。"

"亲眼看见的人如果问你,你也睁着眼睛说瞎话吗?我当时将信将疑,也没有再追根究底。可是凭后来的事情,不免叫我记起那次游山;看来没有冤枉你。那天,你们俩在她家小书房里的情景,我是亲眼目睹的。那个亲密劲儿,总该有个前奏啊!我一次两次问你,你就是死死地捂着盖子。你不说就没事了吗?你不怕人家会控诉你吗?"

彦成的眼睛越睁越大。他说:"哦!你去控诉我了?"

丽琳只接着说:"据你说,你在向那位小姐求婚。你是有妇之夫,你忘了吗?"

"是你控诉我了!"

"我控诉你?还没到时候呢!'夫妻同命鸟',现在正是患难与共的时候。我是在提醒你。"

"多谢费心了。"彦成站起身想钻"狗窝"去。

丽琳放下茶杯,指着沙发叫他坐下,一面说:"我是已经洗完澡的人,我知道的事总该比你多些吧?"

彦成有点儿心惊,不由自主地坐下了。

"你知道余楠卖五香花生豆儿的话是谁捅出来的?是他的宝贝女儿和善保,他们是真心诚意的帮助他。你虽然不服气自己是'老先生',你究竟和年轻人不一样了。他们经过学习,经过'发动',他们和平常的自己也不一样了。你那位小姐如果不自觉,旁人也会点拨她。姜敏是积极分子。我记得你们游山的事是她先说起的。你保得住她不再提吗?我听说有个女学生把老师写给她的情书都交出来了。你没有白纸黑字留下手迹吗?"

她的第三只眼睛盯住彦成,好像看到他脸上变了颜色。她说:"我是为你担忧。你又没什么别的问题,为什么到现在还不安排你做检讨呢?"丽琳是真的担忧。

彦成强笑说:"你放心好了。"他自己心上却很乱。可是他静下来想想,又放下心来。

丽琳却放不下心,她说:"你公开检讨之前,得把稿子给我看看。我也给你看的。"

"现在就可以给你看啊,左不过是那一套。"

"你已经写好了吗?"

彦成从"狗窝"里找出几张乱七八糟的稿子,有的纸大而薄,有的纸小而厚。丽琳整理之后,看到没头没脑的几条:进步包袱;个人主义;狂妄自大;崇美恐美;自由散漫;不守纪律;贪图享受等等。她说:"就这点?你的恋爱呢?包括在哪一项下面呀?"

"我没有恋爱。"

"没有?你经得起检查吗?就说没有!"

"我和她已经检讨过了。"

"你和她!你们早订了攻守同盟吗?我正要问你,为什么你现在不到她家去了?"

"丽琳,帮助得够了。"他要站起身,丽琳仍叫他坐下。

"你该知道,攻守同盟不是铁板一块。你知道怎么粉碎攻守同盟吗? 对这一个说,对方供出了什么什么;对另一方说,对方供出了什么什么。就这样,非常简单。彦成,我都是为你。为什么他们不叫你做检讨呢? 因为你不老实,捂着盖子。假如下一个做检讨的还不是你,就证明我没错。"

彦成一声不响,退到了他的"狗窝"里去。

不久,他们得到通知,下一个做检讨的是余楠。

第 十 章

　　向来温婉的宛英,忽然一改常态,使余楠很惊诧。她生气说:"你不要脸了,可叫我什么脸见人呢?"

　　余楠放下手里的检讨稿说:"怎么了?"他看着宛英的脸,扬扬他的稿子说:"你看了?"

　　"你一声高,一声低,一声快,一声慢的演说,一会儿捶胸,一会儿顿脚的,我还听不见吗?"

　　余楠叹气说:"是你引来了家贼呀!我不就地打滚,来一番惊人的坦白,我可怎么过关呢?"

　　宛英且不争辩"家贼"是他自己的宝贝女儿,女儿的朋友是他自己看中的。她只说:

　　"你会做文章啊!有的说成没的,没的说成有的。你就不能漂漂亮亮给自己做一篇好文章吗?"

　　"啊呀,宛英,你难道不知道现在是搞运动吗?我不对群众说实话,他们肯饶我吗?我不把心灵深处的烂疮暴露出来,我过得了关吗?我还能做人吗?"

"可是你说的全是假话呀！什么出身破落官僚家庭！你爹又是什么不负责任的风流才子！他赘给有钱的寡妇做了倒踏门女婿，每月还津贴你们家用，还暗地里塞钱给你家，你妈妈亲自告诉我的。"

余楠慌忙问："这话你和他们小辈说过吗？"

"告诉他们干吗？你可是知道的呀。"

余楠放了心，耐心解释道："宛英，你不懂，事情有现象，有本质。现象上的细节，不是真实。真实要看本质。"

宛英不会争辩，只满面气恼地说："我只问问你，我的本质是什么？"

她向来有气只背人暗泣，并不当着余楠淌眼抹泪。这回余楠看着她浮肿的脸上泪水模糊，也有点惶恐，忙辩解说："我只检讨自己，没说你一句坏话，都是说你好。"

宛英不理，进房去收拾行李，说要回南去。余楠问她哪里去。她说："三妹妹几次写信叫我去。不去她家，我还可以找个人家'帮人'呢。"

余楠说她小题大做。她只流着泪说："我这一去，再也不回来了。"

余楠一想，宛英走了，他可怎么做人呢？他检讨的话都站不住了。而且他怎么过日子呢？他也知道触犯宛英的是些什么话，所以他也一改常态，温言抚慰，答应修改他的检讨，删掉宛英所谓"把老婆当婊子"的话。余楠由此也证实了自己确确实实是个忠于妻子的好丈夫，他的检讨也都是肺腑之言。

他是一名组长。他洗的这个澡，在社里就算是大盆。会议室里挤满了人，好比澡盆不够大，水都扑出来了。

余楠虽然刮了胡子,却没有理发,配上他灰黄的脸色,颇有些囚首垢面的形象。不过这不足为奇,一般洗澡的人都那样。他穿一套旧西装,以前嫌太紧的,现在穿上还宽宽绰绰。他低着头,声音嘶哑,开始他的检讨。

他先讲自己早年的遭遇,讲他母亲被丈夫遗弃之后,常勉励他说:"阿楠啊,你要争气!"这句话成了他从小到大的指导思想。

"要争气",加上"人不为己,天诛地灭"的资产阶级个人主义世界观,再加上资产阶级"爱情至上"的糊涂信念,使他成了国民党反动政客的走狗,重婚未遂的罪人。

大家都竖起耳朵,连不屑听余楠检讨的许彦成也看着他的脸听他往下说。

据余楠讲,他从小由母命订婚,留学回国就成了家,生两男一女。大家都说他是好福气。可是他学的是西洋文学。他研究的诗歌、戏剧、小说等等,主题几乎都是恋爱,不免使他深受影响。他当初是为了孝顺母亲而结了婚。他生平一大憾事是没有享受到自由的恋爱。当然,他的妻子是非常贤惠的,可是妻子是强加于他的。他看着别人自由恋爱,只有艳羡的份儿。

并不是没有女人看中他。他在学校里既有神童之名,当然就有女孩子对他钟情。他后来发表了一些新诗和散文,又赢得好些女读者的崇拜。她们或是给他写信,或是登门拜访。他当时很年轻,那些多情的小姐多半也很漂亮。不过他不敢拂逆他的母亲,也不愿背弃他温柔的妻子。后来他当了一个刊物的主编,来往的女作家很多,对他用情的也不少,有的还很主动,甚至表示"愿为夫子妾"。不过,资产阶级"爱情至上"的思想尽管深深地打动他,他想到自己的母亲和妻子,觉得万万不能步他父亲的后尘,做一个不负责任的风流才子。

他说,"要争气",无非出人头地,光大自己。这和"人不为己,天诛地灭"的个人主义是一致的。这种思想导致他为名为利,一心向上爬,要为他的老母亲争气。可是"爱情至上"的观念却和封建道德背道而驰。英雄美人或才子佳人,为了恋爱就顾不得道德,也顾不得事业。他向来把道义看得比私情重。他要求做一个铁铮铮的男子汉,道义上无愧于心,事业上有所成就。他自信英雄难过的"美人关",他已经突破了。想不到他竟会深深陷入爱情的泥淖,不能自拔。

他接下轻描淡写地介绍了他主编的那个刊物和组稿的小姐,简约说明自己怎么由一个普通的撰稿人升为主编,刊物由反动政客资助,那位组稿的小姐就是他迷恋的美人。她真是"才调太玲珑",她的绵绵情丝把他缠住了。他最初只在"心有灵犀一点通"的阶段陶醉,并没意识到堕入情网的危险。可是两心相通就要求两心相贴,然后就产生了更进一步的要求。这是最热烈、最迷人、也最痛苦的阶段。接下几句话就是宛英斥为"把老婆当婊子"的话,怪他"不要脸"。他认为自己用辞隐晦,也力求文雅。可是宛英竟为此要出走,他只好把这段诚挚而出自内心深处的自白删掉,只说那位小姐守身如玉,她要求的是结婚,而他是有妇之夫。

他说,这时他已完全失去主宰,已把道义全都抛弃,他已丧尽廉耻。他把事业也都丢了,只求有情人成为眷属。他自以为想出了一个兼顾道义和爱情的两全法。他出国和那位小姐结婚,抛下妻子叫她留在国内照看儿女,算是让她照旧做一家之主。

余楠停下来长叹一声说:"可是爱情要求彻底的、绝对的占有。那位小姐不容许我依恋妻子儿女,一气而离开了我。"他伤心地沉默了一会,带几分哽咽说:"我不死心,还只顾追寻。我觉得妻子儿女跑不了是我的,可是她——她跑了,我就永远失去了她。"他竭力抑制了悲痛说:他虽然已经答应了本社的邀请,还赖在上海,等待那位小姐的消息。他想,即使为此失去这里的好工作,他卖花生过日子也心甘情愿。他直到绝望了、心死了才来北京的。

他接着讲本社成立大会上首长的讲话对他有多大的鼓舞。他向来只知道"手中一支笔,万事不求人";他的笔可以用来"笔耕",养家活口。这回他第一次意识到手中一支笔可以为人民服务,而一支笔的功用又是多么重大。他仿佛一支蜡烛点上了火,心里亮堂了,也照明了自己的前途。从此他认真学习,力求进步,把过去的伤心事深深埋藏在遗忘中,认为过去好比死了,埋了,从此就完了。

"可是痛疮尽管理得深,不挖掉不行。我的进步,不是包袱,而是痛疮上结的盖子。底下还有脓血呢,表面上结了盖子也不会长出新肉来;而盖子却碰不得,轻轻一碰就会痛到心里去。比如同志们启发我,问我什么时候到社的,我立即触动往事,立即支吾掩盖。我爱人对我说:'你不是想出国吗?'我不敢承认,只想设法抵赖。我不愿揭开盖子,我怕痛。我只在同志们的帮助下才忍痛揭盖子。"

他揭下疮上的盖子,才认识到"两全的办法"是自欺欺人。他一方面欺骗了痴心要嫁他的小姐，一方面对不住忠实的妻子。他抠挖着脓血模糊的烂疮，看到了腐朽的本质。他只为迷恋着那位小姐，给牵着鼻子走，做了反动政客的走狗——不仅走狗，还甘心当洋奴，不惜逃离祖国，只求当洋官，当时还觉得顶理想。

余楠像一名化验师，从自己的脓血中化验出种种病菌和毒素，如"人不为己，天诛地灭"的个人主义思想呀，自高自大呀，贪图名利呀，追求安逸和享受呀，封建家长作风呀等等，应有尽有。他分别装入试管，贴上标签。（遗失姚宓稿子的事，因为没人提出，这种小事他已忘了。如有人提出，他就说忘了，或者竟可以怪在宛英身上，归在"家长作风"项下。）

他这番检讨正是丁宝桂所谓"越臭越香"、"越丑越美"的那种。群众提了些问题，他不假思索，很坦率地一一回答。大家承认他挖得很深很透，把问题都暴露无遗。他的检讨终于也通过了。

余楠觉得自己像一块经烈火烧炼的黄金，杂质都已炼净，通体金光灿灿，只是还没有凝冷，浑身还觉得软，软得脚也抬不起，头也抬不起。

第 十 一 章

彦成回家后慨叹说:"恋爱还有实用呢! 倾吐内心深处的痴情,就是把心都掏出来了。"

丽琳说:"你有他的勇气吗? 你还不肯暴露呢!"

"我不信暴露私情,就是暴露灵魂;也不信一经暴露,丑恶就会消灭。"

"可是,不暴露是不肯放弃。"丽琳并不赞许余楠,可是觉得彦成的问题显然更大。

彦成看着丽琳,诧异说:"难道你要我学余楠那样卖烂疮吗?"

"我当然不要你像他那样。可是我直在发愁。我怕你弄得不好,比他还臭。"

彦成不答理。

丽琳紧追着说:"你自己放心吗? 我看你这些时候一直心事重重的,瞒不过我呀。"

"丽琳,说给你听你不懂。我只为爱国,所以爱党,因为共产党救了中国。我不懂什么马列主义。可是余楠懂个什么？他倒是马列主义的权威么？都是些什么权威呀！"

丽琳说："彦成，你少胡说。"

彦成叹了一口气："我对谁去胡说呢？"

丽琳只叫他少发牢骚，多想想自己的问题。

偏偏群众好像忘了许彦成还没做检讨。施妮娜和江滔滔土改回来，争先要报告下乡土改的心得体会。余楠的检讨会他们俩都赶来参加了。两人面目黧黑，都穿一身灰布制服，挤坐在一个角落里，各拿着笔记本做记录，好像是准备洗澡。

范凡很重视她们的收获。施妮娜讲她出身官僚地主家庭，自以为她家是开明地主，对农民有恩有惠。这次下乡，扎根在贫农家，和他们同吃同住同劳动。控诉会上听到他们的控诉，真是惊心动魄。她开始从感性上认识到地主阶级的丑恶本质。她好比亲自经历了贫下中农祖祖辈辈的悲惨遭遇。她举出一个个细节，证实自己怎样一寸一分地转移立场观点，不知不觉地走入无产阶级的行列。江滔滔讲她出身于小资产阶级，学生时代就向往革命，十七岁曾跟她表哥一同出走，打算逃往革命根据地去，可是没上火车就给家里人抓回去。她只有一颗要求革命的心，而没有斗争的经验，虽然是燃烧的心，却是空虚的，苍白的，抽象的；这次参加土改，比"南下工作"收获更大。她自从投入火热的实际斗争，她这颗为革命而跳跃的心才有血有肉了。可见一个作家如果没有生活，没有斗争，就不可能为人民写作。她热情洋溢，讲得比施妮娜长。主席认为她们都收获丰富。她们好像都已经脱胎换骨，不用再洗什么澡。大约她们还是在很小的澡盆里洗了洗，只是没有为她们开像样的检讨会。

朱千里在她们报告会的末尾哭丧着脸站起来，检讨自己不该和群众对抗，他已经知罪认错。帮助他的小组曾到人事处查究他的档案，他的确没有自称博士。据他出国和回国的年月推算，他在法国有五六年。他也没当汉奸，只不过在伪大学教教书。他检讨里说的多半是实话，只是加了些油酱。他们告诫朱千里别再夸张，也不要即兴乱说，只照着稿子一句句念。他的检查也通过了。他承认自己是个又想混饭吃、又想向上爬的知识分子，决心要痛改前非，力求进步，为人民服务。

彦成这天开完会吃晚饭的时候，忽然对丽琳说："明天就是我了。"

"你怎么？"

"我做检讨呀。"

"叫你做的？"

"当然。"彦成没事人儿一般。

丽琳忙问是谁叫他做检讨。

"我不认识他。他对我说：'明天就是你了。'"

"这么匆忙！他说了什么时候来和你谈话吗？"

"他只说：'明天就是你了。'"

"态度友好不友好呢？"

"没看见什么态度。"彦成满不在乎。

丽琳晚饭都没好生吃。她怕李妈吃罢晚饭就封火，叫她先沏上点儿茶头，等晚饭后有人来和彦成谈他的检讨。可是谁也没来。丽琳像热锅上的蚂蚁，坐立不安，直到临睡，还迟迟疑疑地问彦成："你没弄错吧？是叫你做检讨？"

彦成肯定没弄错。丽琳就像妈妈管儿子复习功课那样，定要彦成把他要检讨的问题对她说一遍。

彦成不耐烦地说："进步包袱：我在旧社会不过是学生，在国外半工半读，仍然是学生，还不到三十岁。什么'老先生'！"

"你怎么自我批判呢？"

"我受的资产阶级影响特别深啊。事事和新社会不合拍。不爱学习，不爱发言，觉得发言都是废话。"

丽琳纠正他说："该检讨自己背了进步包袱，有优越感，不好好学习等等。"

彦成接下说："自命清高，以为和别人不同，不求名，不求利。其实我和别人都一样，程度不同而已。"

丽琳说："别扯上别人，只批判你自己。"

彦成故意说："不肯做应声虫，不肯拍马屁，不肯说假话。"

丽琳认真着急说："胡闹！除了你，别人都是说假话吗？"

"你当我几岁的娃娃呀！你不用管我。别以为我不肯改造思想。我认为知识分子应当带头改造自我。知识分子不改造思想，中国就没有希望。我只是不赞成说空话。为人好，只是作风好，不算什么；发言好，才是表现好，重在表现。我不服气的就在这点。"

丽琳冷冷地看着他说："你是为人好？"

彦成说："我已经借自己的同伙做镜子，照见自己并不比他们美。我也借群众的眼睛来看自己，我确是够丑的。个人主义，自由散漫，追求精神享受，躲在象牙塔里不问政治，埋头业务不守纪律……"

"就这么乱七八糟的一大串吗？"丽琳实在觉得她不能不

管。她怕彦成的检讨和余楠第一次检讨一样,半中间给群众喝住。

彦成说:稿子在他肚里,反正他绝不说欺骗的话,他只是没想到自己这么经不起检查,想不到他的主观客观之间有那么大的差距,他实在泄气得很。

丽琳瞧他真的很泄气,不愿再多说,只暗暗担心。

许彦成的检讨会是范凡主持的。他的问题不如别人严重,所以放在末尾。丽琳觉得很紧张。不过彦成虽然没有底稿,却讲得很好,也不口吃。做完大家就拍手通过了。他没说自己是洋奴,也没人强他承认。

范凡为这组洗澡的资产阶级知识分子做了短短的总结,说大家都洗了干净澡,也得到不同程度的提高,勉励大家继续努力求进。

年轻人互相批评接受教育,不必老先生操心。老先生的洗澡已经胜利完成。

第十二章

发动群众需要一股动力,动力总有惰性。运动完毕,乘这股动力的惰性,完成了三件要紧事。

第一件是"忠诚老实"或"向党交心"。年轻人大约都在受他们该受的教育。洗完澡的老先生连日开会,谈自己历史上或社会关系上的问题。有两人旁听做记录。其中一个就是那位和善可亲的老大姐。

丁宝桂交代了他几个汉奸朋友的姓名。朱千里也同样交代了他几个伪大学同事的姓名以及他自己的笔名,如"赤兔"、"撇尾"、"独角羊"、"朱骐"、"红马"等等。人家问"撇尾"的意思。他说不过是一"撇"加个"未"字,"独角羊"想必是同一意义,"未"不就是羊吗。其他都出自"千里马"。余楠也交代了他的笔名。他既然自诩"一气化三清",他至少得交出三个名字。据他说,他笔名不多,都很有名。一是"穆南",就是"木南"。一是"袁恶",这是余楠两字的切音。一是"水生",因为照五行来说,水生木。太反动的文章是他代人写的,他觉得不提为妙。他只交代了他心爱的小姐芳名"月姑",以及他那位"老板"的姓名,不过他和他们早已失去联系。丽琳交代了她的海外关系,她已经决定和他们一刀两断了,只是她不敢流露她的伤心。彦成也交代了他海外师友的姓名,并申明不再和他们通信。一群老先生谈家常似的想到什么成问题的就谈,听了旁人交代,也启发自己交代。连日絮絮"谈心",平时记不起的一桩桩都逐渐记起来。大家互相提醒,互相督促,虽然谈了许多不相干的琐碎,却也尽量搜索出一切不该遗忘的细节。他们不再有任何隐瞒的事。

第二件是全体人员填写表格,包括姓名、年龄、出身、学历、经历、著作、专长、兴趣、志愿等等。据说,全国知识分子要来个大调整。研究社或许要归并,或取消,或取消一部分,归并一部分。交上表格,大家就等待重新分配了。配在什么机构,就是终身从属的机构。有人把这番分配称为"开彩",因为相当于买了彩票不知中什么彩。知识分子已经洗心革面,等待重整队伍。

第三件是调整工资。各组人员自报公议,然后由领导评定。各人按"德"、"才"、"资"三个标准来评定自己每月该领多少斤小米。这是关系着一辈子切身利益的大事,各组立即热烈响应。譬如余楠自报的小米斤数比原先的多二百斤。他认为凭他的政治品德,他的才学和资格经历,他原先的工资太低了。谁都不好意思当面杀他的身价。朱千里就照模照样要求和余楠同等。施妮娜提出姚宓工资太高,资格不够。罗厚说施妮娜的资格也差些。不过主要的是德和才。许彦成以导师的身份证明姚宓的德和才都够格,他自己却毫无要求。丽琳表示她不如彦成，可是彦成不输余楠。

姜敏说："有的人，整个运动里只是冷眼旁观，毫无作为，这该是立场问题吧？这表现有德还是无德呀？"

江滔滔立即对施妮娜会意地相看一眼，又向姚宓看一眼。

善保生气说："我们中间压根儿没有这种人。"

罗厚瞪眼说："倒是有一种人，自己的问题包得紧紧的，对别人的事，钻头觅缝，自己不知道，就逼着别人说。"

善保忙说："关于运动的事，范凡同志已经给咱们做过总结，咱们不要再讨论这些了。"

姜敏红了脸说："我认为经过运动，咱们中间什么顾忌都没有了，什么话都可以直说了，为什么有话不能说呢？"

姚宓说："我赞成你直说。"

姜敏反倒不言语了。

余楠想到姜敏和善保准揭发了他许多事。他对年轻人正眼也不看。社里三反运动以来，这还是他第一次和年轻人一起开会。他对他们是"敬而远之"。

这类的会没开几次，因为工资毕竟还是由领导评定的，一般都只升不降。余楠加添了一百多斤小米，别人都没有加。朱千里气愤不平，会后去找丁宝桂，打听他们组的情况。

丁宝桂说："咳！可热闹了！有的冷言冷语，讥讽嘲笑，有的顿脚叫骂，面红耳赤，还有痛哭流涕的——因为我们组里许多人还没评定级别——我反正不减价就完了。"

"你说余楠这家伙，不是又在翘尾巴了吗？"

丁宝桂发愁说："你瞧着，他翘尾巴，又该咱们夹着尾巴的倒霉。"

他想了一想，自己安慰说："反正咱们都过了关了。从此以后，坐稳冷板凳，三从四德就行。他多一百斤二百斤，咱们不计较。"

"不是计较不计较，洗了半天澡，还是他最香吗！"

丁宝桂说："反正不再洗了，就完了。"

"没那么便宜！"朱千里说。

丁宝桂急了，"难道还要洗？我听说是从此不洗了。洗伤了元气了！洗螃蟹似的，捉过来，硬刷子刷，掰开肚脐挤屎。一之为甚，其可再乎！"

朱千里点头说："这是一种说法。可是我的消息更可靠。不但还要洗，还要经常洗，和每天洗脸一样。只是以后要'和风细雨'。"

"怎么'和风细雨'？让泥母猪自己在泥浆里打滚吗？"

丁宝桂本来想留朱千里喝两杯酒，他刚买了上好的莲花白。可是他扫尽了兴致。而且朱千里没有酒量，喝醉了回家准挨骂挨打。他也不想请翘尾巴的余楠来同喝，让他自己得意去吧。

余楠其实并不得意。他并不像尚未凝固的黄金，只像打伤的癞皮狗，趴在屋檐底下舔伤口。争得一百多斤小米，只好比争得一块骨头，他用爪子压住了，还没吃呢。他只在舔伤口。

杜丽琳对许彦成说："看来'你们俩'的默契很深啊！怎么你只怀疑我控诉你，一点儿不防她？她也不怕人家说她丧失立场，竟敢包庇你？"

彦成生气说："丽琳，你该去打听了姜敏，再来冤我。"

洗澡已经完了，运动渐渐静止。一切又回复正常。

尾　声

星期天上午,彦成对丽琳说:"我到姚家去,你放心吗? 要陪我同去吗?"

丽琳还没有梳洗。她已稍稍故态复萌,不复黄黄脸儿穿一身制服。她强笑说:"好久没到她们家去了。我该陪你去吧? 等我换件衣服。"

丽琳忙忙地打扮,彦成默然在旁等待。他忽听得有客来,赶忙一人从后门溜了。

姚太太在家。彦成问了姚伯母好,就好像不关心似的问:"姚宓上班了吗?"

姚太太笑说:"你开会开糊涂了。今天礼拜,上什么班!她和罗厚一同出去了。"

彦成赶紧背过脸去。因为他觉得心上抽了几下,自己知道脸上的肌肉也会抽搐,刹那间仿佛听到余楠的检讨"爱情就是占有",羞惭得直冒冷汗。

姚太太好像并没有在意,她说:"彦成,我还没向你道喜呢,因为我不知道你们到底喜不喜。听说你们俩中了头彩了? 你们高兴吧?"

彦成说他不知道中了什么彩。

"你们俩分到最高学府去了。昨晚的消息。你们自己还没知道?"

"别人呢?"

"朱千里分在什么外国语学院,姜敏也是。别人还没定。你们两个是定了的,没错。"

彦成呆了一会,迟疑说:"我填的志愿是教英语的文法,丽琳填的是教口语。不知道由得不由得自己做主。"

"为什么教文法呢?"

彦成羞涩地一笑说:"伯母,我曾经很狂妄。人家讲科学救国,我主张文学救国;不但救国,还要救人——靠文学的潜移默化。伯母,不讲我的狂妄了,反正我认识到我是绝对不配教文学的。如果我单讲潜移默化的艺术,我就成了脱离政治,为艺术而艺术。我以后离文学越远越好。我打算教教外系的英文,或者本系的文法。假如不由我做主,那就比在研究社更糟了。"

"阿宓填的是图书工作或翻译工作,"姚太太说:"罗厚的舅舅、舅妈特地来看我,说要罗厚和阿宓填同样的志愿,将来可以分配在一处工作。可是我不知道罗厚填了什么志愿。"

彦成忙说:"罗厚是个能干人,大有作为的。他有胆量,有识见,待人顶恳厚,我很喜欢他。"

姚太太说:"他野头野脑,反正他自有主张。他可崇拜你呢! 他向来不要人家做媒,总说他要娶个能和他打架的粗婆娘。最近,他舅妈来拜访以后,我问他粗婆娘找到没有,他说不找了,将来请许先生给他找个对象。"

彦成脱口说:"还用我吗!他不是已经有了吗?"

"你说阿宓吗?"姚太太微笑着。"我也问过她。她说她不结婚,一辈子跟着妈妈。"

"从前说的,还是现在说的?"

"从前也说,现在也说。"

彦成听了这话,心上好像久旱逢甘霖,顿时舒服了好些,同时却又隐隐觉得抽搐作痛。他说:"结了婚照样可以跟着妈妈呀。"

姚太太说:"反正我不干涉,随她。"

"他们不是一起玩儿得很好吗?"

姚太太抬头说:"他们不是一起玩儿,今天他们是给咱们俩办事去的。"

姚太太告诉彦成,三反初期,市上有许多很便宜的旧货,都是"老虎"抛出来卖钱抵债的。罗厚偶然发现一只簇新的唱机,和彦成的是同一个牌子。他买下来了。可是卖唱机的并没有出卖唱片,不知是什么缘故,也可能给别人买去了。罗厚陆续买了好多唱片,有的是彦成没有的,有的是相重的。现在他们想到彦成不久得搬家,姚太太说罗厚选唱片是外行,叫他们两个一同出去采购了准备分家的。

彦成说:"唱机唱片都留在伯母这里好了。"

姚太太说:"我老在替那只'老虎'发愁,不知他是不是给关起来了?还是穷得不能过日子?阿宓说,省得妈妈成天为'老虎'担忧,买来的新唱机给许先生吧,他的那只换给咱们。

不知你同意不同意?"

彦成连说同意,自己也不知道心上是喜是悲。他不等姚
宓回家就快快辞别了姚太太回家。姚太太叫他问问丽琳,几
时方便,要请他们夫妇吃顿晚饭,一是为贺喜,二是为送行。
姚太太说:"咱们不请外客,我有个老厨子还常来看我,叫他做
几个干干净净的家常菜,咱们聚聚。"

到许家去的客人是报喜的,到了几批客人。丽琳正拿不
定主意是否到姚家去接彦成。她听彦成回来讲了姚宓不在家
以及姚太太请饭送行的事,很高兴,都忘了责怪彦成撇了她溜
走。

许彦成夫妇不久得到调任工作的正式通知,连日忙着整
理东西准备搬家。丽琳虽然很忙,总乐于陪彦成同到姚家
去。姚家的钢琴已由许家送回。新唱机已经送往许家,唱片
已由姚太太和许彦成暂时分作两份,各自留下了自己喜欢
的。姚宓和许多别人一样,工作还没有分配停当。她只顾担
忧别再和余楠、施妮娜等人在一起。姚太太说,哪里都是一
样,"莫安排"。

许彦成夫妇搬家的前夕,在姚家吃晚饭。女客只请宛英
作陪,罗厚是彦成的陪客。姚宓听从妈妈的吩咐,换上一件烟
红色的纱旗袍。她光着脚穿一双浅灰麂皮的凉鞋。八仙桌
上,她和丽琳并坐一面,彦成和罗厚并坐一面,姚太太和宛英
相对独坐一面。菜很精致,还喝了一点葡萄酒。饭后沏上新
茶,聚坐闲谈,也谈到将来彼此怎么通信,怎么来往。

丽琳第一个告辞,她说还有些杂事未了,明天一早大板车
就要来拉家具的。许彦成知道杂事都已安排停当,老实不客

气地求她说：

"你先回去吧，我还坐一坐。"

丽琳只好一人先走。罗厚代主人送她到门口。

过一会儿，宛英告辞，罗厚送她回家，自己也回宿舍。

彦成赖着坐了一会儿，也只好起身告辞。姚太太说："阿
宓，你替我送送吧。"

他们俩并肩走向门口，彦成觉得他们中间隔着一道铁
墙。姚宓开了走廊的灯，开了大门。

彦成凄然说："你的话，我句句都记着。"

姚宓没有回答。她低垂的睫毛里，流下两道细泪，背着昏
暗的灯光隐约可见。她紧抿着嘴点了点头，想说什么，没说出
来，等彦成出门，就缓缓把门关上。

彦成急急走了几步，又退回来。他想说什么？他是要说：
"快把眼泪擦了。"可是，这还用他说吗？她不过以为背着灯
光，不会给他看见；以为紧紧抿住嘴，就能把眼泪抿住。彦成
在门口站了一会儿，然后绕远道回家。

姚宓在门里，虽然隔着厚厚的木门，却好像分明看见彦成
逃跑也似的急走几步，又缩回来，低头站在门前，好像想敲门
进来，然后又朝相反方向走了。她听着他的脚声一步步远去，
料想是故意绕着远道回家的。

姚宓关上走廊的灯，暗中抹去泪痕，装上笑脸说：

"妈妈，累了吧？"

姚太太说不累。母女还闲聊了一会儿才睡。

姚宓想到彦成绕远回家的路上有个深坑，只怕他失魂落
魄地跌入坑里，一夜直不放心。

第二天早上，罗厚抱着个镜框跑来，说老许他们刚走，他"狗窝"里有一张放大的照相忘了取下，临走才发现，叫他拿来送给姚伯母。他嬉皮赖脸说：

"伯母不要就给我。"

那是许彦成大学生时期的照相。

姚太太说："拿来，我藏着，等你将来自己有了家再给你。"

姚宓忽然有一点可怕的怀疑。她刻意留心，把妈妈瞒得紧腾腾，可是，这位爱玩儿福尔摩斯的妈妈只怕没有瞒过吧？至少，没有完全瞒过。

罗厚坐下报告社里各人最新分配的工作。接受姚謇赠书的图书馆要姚宓去工作，还答应让她脱产两年，学习专业。他自己的工作也在那个图书馆。

当时文学研究社不拘一格采集的人才，如今经过清洗，都安插到各个岗位上去了。